CB017416

Isaac Bashevis Singer
O Golem

Coleção Paralelos
Dirigida por J. Guinsburg

Equipe de Realização

J. Guinsburg
Tradução e notas

Mary Amazonas L. de Barros
Revisão

Alexandre Wollner
Dárkon Vieira Roque
Regina Bassani
Projeto gráfico

Ricardo W. Neves
Sergio Kon
Produção

Isaac Bashevis Singer

O Golem

Tradução e notas
J. Guinsburg

Conceito visual
Alexandre Wollner

Título do original em inglês
The Golem

Dados Internacionais de Catalogação
na Publicação (CIP)
(Câmara Brasileira do Livro, SP, Brasil)

Singer, Isaac Bashevis, 1904-1991.
O Golem/Isaac Bashevis Singer; tradução e notas J. Guinsburg; conceito visual Alexandre Wollner. – São Paulo: Perspectiva, 2010. – (Paralelos; 16/dirigida por J. Guinsburg)

Título original: The Golem.
2ª reimpressão da 1ª edição de 1992.

1. Romance ídiche I. Guinsburg, J. II. Título.

10-02287 CDD-839.13

Índices para catálogo sistemático:
1. Romances : Literatura ídiche
839.13

[PPD]

Av. Brigadeiro Luís
Antônio 3025
01401-000 São Paulo SP Brasil

Telefax: (011) 3885-8388
www.editoraperspectiva.com.br

2021

Sumário

O Golem

Nota do autor

Publiquei **O Golem** no **Jewish Dayly Forward** em 1969. No outono de 1981 trabalhei na tradução e, no processo, fiz muitas modificações, como sempre faço. Recebi bons conselhos sobre o emprego de palavras e expressões inglesas de minha querida esposa: Alma, como também de minha secretária Deborah Menashe, a quem ditei esta obra. O texto foi publicado por meu bom amigo Robert Giroux, que há vinte e dois anos é meu editor.

Dedico este livro
aos oprimidos e perseguidos
onde quer que estejam,
jovens e velhos,
judeus e não judeus, na
esperança contra esperança
de que o tempo das
falsas acusações e
decretos maliciosos
há de cessar um dia.

O Golem

No tempo em que o famoso sábio e cabalista Rabi Leib, o Maharal[1], servia como rabino na velha cidade de Praga, os judeus sofreram muitas perseguições. O Imperador Rodolfo II era um homem muito culto, porém fraco de caráter e sem a menor compreensão para com os súditos de outros credos, exceto o católico. Ele perseguiu os protestantes e, mais ainda, os judeus, que eram acusados com freqüência de usar sangue cristão para assar as *matzes* da Páscoa. Todo mundo sabia que a acusação era falsa, que a religião judaica proibia até o sangue animal na comida e, quanto mais, o humano. Mas a cada ano a balela se renovava. Sempre que uma criança cristã desaparecia, os inimigos dos filhos de Israel faziam logo correr em Praga o rumor de que os judeus a haviam assassinado a fim de obter sangue para o pão ázimo. E seguia-se imediatamente a prisão de chefes comunitários ou de padeiros de *matzes*, e um processo era iniciado. Nunca faltavam falsas testemunhas. Mais de uma vez aconteceu que, depois de serem executadas pessoas inocentes, a criança reaparecia, sã e salva.

Rabi Leib, um eminente sábio talmudista, também era dado à mística da *Cabala* e à sua prática. Parecia dispor do poder de curar os enfermos conjurando forças sobrenaturais e empregando diferentes camafeus e talismãs. Além disso, homem extremamente bondoso e nobre de espírito, sempre que um membro de sua congregação era preso sem motivo, apressava-se a provar a inocência do acusado. Muita gente acreditava que o santo rabi podia invocar a ajuda dos anjos, e até

1 *Moreinu Harav Liwa ("Nosso Mestre Rabino Loeb"), ou o Maharal mi-Prag, como era conhecido Judá Loew ben Bezalel (1525-1609), rabino, talmudista, cabalista e matemático, amigo de Tycho Brahe e autor de numerosas obras de pensamento e interpretação no domínio da religião judaica.*

mesmo de demônios e duendes, em momentos de grande perigo para os seus correligionários.

Em Praga vivia um terratenente chamado Conde Jan Bratislavski, que fora em outros tempos riquíssimo, dono de muitas propriedades e de centenas de servos, mas que perdera a fortuna no jogo, na bebida e em disputas com outros senhores feudais. Sua mulher, Helena, uma celebrada beldade, sentiu-se tão desgraçada com o mau comportamento do marido que ficou doente e logo depois morreu. Ela deixou-lhe uma menina de pouca idade, Hanka.

Na mesma época vivia em Praga um judeu com o nome de Reb Eliezer Polner. Vinha da Polônia. Era um negociante muito hábil e diligente a quem a sorte sorria em tudo o que empreendia. E, embora fosse um judeu do gueto como outros judeus, tornou-se um nome conhecido em Praga e em toda a Europa como banqueiro. Com uma carta de crédito de Reb Eliezer podia-se viajar por toda parte e levantar em bancos a soma indicada, por maior que fosse. Também era respeitado por sua caridade, ajudando a judeus e cristãos. Na época em que a nossa estória começa, estava abeirando-se dos sessenta anos. Era de pequena estatura, com uma barba branca cor de prata. Mesmo em dias comuns, usava um chapéu de zibelina e um longo caftã de seda com um largo cinto. Tinha uma casa muito grande, filhos e filhas casados, e um bando de netos. Sabia também estudar. Era um erudito a título próprio. Costumava acordar diariamente ao nascer do sol, rezar e debruçar-se sobre uma página do **Talmud** e outros livros sagrados até o meio-dia. Só então se dirigia ao seu banco para dar andamento aos negócios. Sua mulher, Scheindl, provinha de família ilustre e era tão piedosa e bondosa quanto o marido. Visitava todos os dias o asilo dos indigentes, trazendo pão e uma sopa quente para os pobres e enfermos.

Por estar sempre falto de dinheiro, o Conde Bratislavski viu-se obrigado a vender a maior parte de seus campos e florestas, bem como de seus servos, que, naquele fim de século XVI, eram comprados e vendidos feito gado. Arruinado, devia muito dinheiro ao banco de Reb Eliezer, que acabou sendo forçado a recusar-lhe novos empréstimos.

Mas aconteceu que naquele ano, no mês de março, que caiu por volta do mês judaico de *Nissan*, o conde estivera jogando cartas com um grupo de ricos parceiros, todos os dias da semana, até tarde da noite. Perdera todos os ducados de ouro que tinha na bolsa. Na ânsia de recuperar o seu dinheiro, começou a apostar a crédito, assinando uma nota promissória pela qual se comprometia a pagar em moeda sonante e em três dias qualquer dívida que viesse a contrair. Quebrar uma promessa como essa era considerado entre os fidalgos jogadores a maior vergonha. Mais de uma vez sucedera que um jogador impossibilitado de honrar o seu compromisso se enforcasse ou se matasse com um tiro de pistola.

Depois de ter assinado a promissória, o Conde Bratislavski continou a jogar com grande fervor e a apostar somas vultosas, enquanto bebia um copo após outro e fumava o tempo todo. Não largou o baralho a noite inteira. Quando o sol se levantou e o jogo foi por fim encerrado, havia perdido setenta e cinco mil ducados de ouro – uma soma incrível para a época.

Estava demasiado bêbado para dar-se conta do que tinha feito. Voltou ao castelo e dormiu dezoito horas a fio. Só ao acordar, pôde tomar consciência do que fizera. Não possuía sequer setenta e cinco ducados. O seu castelo estava em ruínas, e todas as suas propriedades haviam sido vendidas ou hipotecadas.

Quando Helena, a esposa do conde, morrera, deixara para a sua filha pequena, Hanka, uma grande fortuna em jóias, que valiam mais de cem mil ducados. O legado fora posto sob a custódia do tribunal porque o Conde Bratislavski não era pessoa confiável para a guarda destes valores. Pelo testamento de sua mãe, Hanka deveria herdar as jóias com a idade de dezoito anos.

Bratislavski foi tomado de profundo desespero, tão logo curou a bebedeira. Só então conseguiu ver o angustiante dilema em que se precipitara. Gostava demais da vida para cometer suicídio. Começou a procurar a todo custo uma saída. Mesmo sabendo que Reb Eliezer não poderia mais conceder-lhe novos créditos, mandou que atrelassem a carruagem e o levassem ao banco de Reb Eliezer, no gueto. Quando o conde mencionou a soma que desejaria receber de empréstimo, Reb Eliezer disse:

– Vossa Alteza sabe muito bem que jamais poderia honrar uma dívida de tal monta.

– Preciso do dinheiro a qualquer custo! – bradou Bratislavski.

– Sinto muito, mas não poderá obtê-lo de meu banco – respondeu o banqueiro serenamente.

– Maldito judeu! Vou conseguir este dinheiro de um jeito ou de outro! – gritou o conde, enfurecido. – E você vai pagar caro pela insolência de recusar um empréstimo ao grande Conde Bratislavski!

Proferindo tais palavras, o fidalgo cuspiu no rosto de Reb Eliezer. Este enxugou calmamente o cuspe com o lenço e disse:

– Perdão, senhor conde, não foi algo sensato de sua parte jogar com apostas tão elevadas e assinar promissórias que não podem ser resgatadas.

– Pode estar certo de que vou conseguir o dinheiro, enquanto você, judeu, irá apodrecer na masmorra e será enforcado. Lembre-se de minhas palavras.

– A vida e a morte estão nas mãos de Deus – replicou Reb Eliezer. – Se for meu destino morrer logo, aceitarei de bom grado o decreto do Altíssimo.

O Conde Bratislavski foi embora, voltando ao castelo, onde se pôs a buscar uma saída para os seus apuros. Estava ávido de duas coisas: dinheiro para cobrir as dívidas e vingança contra o judeu.

Logo lhe ocorreu um plano diabólico.

Por faltarem apenas duas semanas para o *Pessach*, os judeus de Praga já estavam ocupados com o cozimento das *matzes*. O inverno fora muito rigoroso, mas o mês de *Nissan* trouxera a brisa cálida da primavera. Era hábito de Reb Eliezer estudar a **Mischná**, o código da lei judaica, à noite, antes de dormir. Desta vez, escolhera o capítulo que tratava das leis pertinentes à assadura do pão ázimo, ao preparo do *Seder*, à recitação da **Hagadá** e ao ato de beber as quatro taças de vinho consagrado Ainda que se tivessem passado mais de três mil anos desde o êxodo do Egito, os judeus, em todas as partes do mundo, jamais haviam deixado de lembrar que haviam sido escravos de Faraó rei do Egito, e que Deus lhes concedera então a liberdade.

Estava Reb Eliezer imerso nessas passagens quando, de repente, ouviu passos pesados e depois pancadas brutais à porta. As criadas e os moços de servir já estavam todos dormindo. Reb Eliezer foi abrir ele mesmo a porta. Quem haveria de ser?, perguntou-se preocupado. E qual não foi a sua surpresa, ao desaferrolhar a tranca, quando deparou com um grupo de soldados, de espada em punho. O cabeça, um caporal, o interpelou:

– Você é o judeu Eliezer Polner?

– Sim, sou eu.

– Ponham os ferros nele e levem-no embora! – ordenou o caporal.

– Por quê? O que fiz de errado? – perguntou Reb Eliezer perplexo.

– Isto vão lhe dizer mais tarde. Por enquanto, vamos andando.

Reb Eliezer passou a noite na prisão. Não conseguiu pregar o olho. Tratava-se por certo de uma trama. Não eram raras as calúnias contra ele. Mas qual seria esta, agora? De manhã conduziram-no à câmara de um juiz inquiridor. Era para onde levavam os criminosos de maior periculosidade. Lá Reb Eliezer viu o Conde Bratislavski e algumas outras pessoas – entre elas, um homem que parecia um bêbado contumaz e uma mulher, com o rosto pontilhado de verrugas, que vesgava. O inquiridor disse:

– Você é o judeu Eliezer Polner?

– Sim, sou eu.

– Você é acusado de ter-se introduzido, duas noites atrás, na casa do Conde Bratislavski e haver raptado a filhinha dele, Hanka, com o propósito de matá-la e usar o sangue da vítima nas *matzes*.

Reb Eliezer ficou branco.

– Nunca tive a honra de visitar o castelo do conde – replicou com a voz sufocada. – Não houve noite que eu não passasse em minha casa. Minha mulher, meus filhos, meus genros, minhas noras e todos os meus servidores podem testemunhar que estou dizendo a verdade.

– Todos eles são judeus – contestou o inquiridor. – Mas há duas testemunhas cristãs que viram você entrando no castelo e levando embora a criança num saco.

– Testemunhas? Que testemunhas?

– Aqui estão elas – o inquiridor apontou para o bêbado e para a mulher com as verrugas no rosto. – Contem o que vocês viram. Você, Stefan, fale primeiro.

Stefan parecia já entorpecido pela bebida, embora ainda fosse muito cedo na manhã. Ele começou a arrastar os pés no chão e a balbuciar:

– Ontem à noite, quero dizer anteontem, não, foi há três dias, bem tarde da noite, ouvi um barulho no quarto de Hanka. Acendi uma vela e fui ver o que era aquilo. Espio e lá está este judeu com uma faca numa mão e um saco na outra. Ele empurrou Hanka para dentro do saco e foi-se embora. Eu ouvi ele murmurar para si mesmo: "O sangue quente e fresco desta menina será excelente para as nossas *matzes*".

– Como pôde deixar que eu levasse embora a filha do conde, sem tentar defendê-la e acordar todo mundo no castelo? – perguntou-lhe Reb Eliezer. – Você é muito mais jovem e mais forte do que eu.

Stefan ficou de boca aberta. Sua língua pendeu para fora. Os olhos esbugalhados erravam nas órbitas. As pernas fraquejaram-lhe e ele se apoiou na parede.

– Você, judeu, me ameaçou com a sua faca.

– Mui honrado juiz, o senhor não vê que tudo isso não passa de desavergonhada mentira? – argumentou Reb Eliezer.

– Primeiro, os filhos de Israel nunca usam sangue para qualquer propósito. Segundo, de acordo com a lei mosaica, nada pode ser usado na assadura das *matzes*, exceto farinha. E depois, por que haveria eu, um homem com mais de sessenta anos, um banqueiro, um dos chefes da comunidade judaica, de cometer um crime tão abominável? E que necessidade tinha eu de ir ao castelo, onde existem numerosos criados, guardas e cães? Perto do gueto não faltam crianças cristãs. Mesmo a loucura deve ter alguma lógica.

– Bárbara estava lá e também viu – gaguejou Stefan.

– O que foi que você viu, Bárbara? – indagou o inquiridor.

A mulher entortou os olhos:

– Eu vi o judeu. Abri a porta e vi o judeu empurrando Hanka para dentro do saco.

– E você não gritou por socorro? – perguntou Reb Eliezer.

– Eu também fiquei com medo de sua faca.

– Por que não pediu ajuda depois que eu fui embora? – contestou Reb Eliezer.

– Não preciso responder a você, perverso assassino! – guinchou Bárbara, ameaçando Reb Eliezer com o punho. – Eu vi quando você meteu a criança no saco, ouvi o choro sufocado da menina... O sangue dela já deve estar na massa de suas *matzes*.

– Meritíssimo juiz, o Conde Bratislavski me procurou pouco tempo atrás e me pediu o empréstimo de uma enorme soma – disse Reb Eliezer. – Tive de recusar-lhe, uma vez que ele já deve a mim e a vários outros muito dinheiro que não consegue reembolsar. O conde me advertiu então que eu iria apodrecer na cadeia. Agora ele está tentando vingar-se de mim.

– Cale-se, judeu! Aqui há duas testemunhas de bons cristãos. Elas confirmam que você cometeu o rapto. É melhor confessar com quem você tramou este nefando crime. E se tentar negá-lo, vamos arrancar a sua língua e quebrar o seu corpo na roda. Temos em Praga muitos meios de obter a verdade da boca de um assassino impiedoso – rosnou o inquiridor.

– Deus no céu sabe que não planejei nada contra ninguém. Não cometi nenhum crime. Nunca saio de minha casa à noite, porque já sou um homem idoso e não enxergo bem no escuro. Sou tão capaz de tirar uma criança da cama e de fazer as coisas de que me acusam, quanto andar com a cabeça no chão e as pernas para o ar. Imploro-lhe, mui honrado juiz, que pondere sobre a acusação e verá quão despropositada, quão cruel ela é...

– Nada tenho a ponderar. Diga, judeu, quem lhe prestou ajuda? Quem estava esperando por você e pela criança seqüestrada, numa carreta, lá fora? Para onde levaram a vítima?

Como foi que lhe tiraram a inocente vida? – investiu o inquiridor.

– Tudo o que posso dizer é que fiquei em casa aquela noite, como todas as outras noites. Não fiz nada de errado.

– A velha obstinação judaica! – urrou o Conde Bratislavski.

– Mesmo apanhado em flagrante, ele ainda tenta negar a verdade. Vão pendurar você na forca! E nem sequer o seu Deus poderá salvá-lo!

– Pode dizer o que quiser a meu respeito, senhor, mas não blasfeme contra Deus. Ele pode nos ajudar, se merecermos a sua ajuda.

– Então? Por que Ele não lhe quebra as suas cadeias? Por que não manda um raio para me fulminar agora mesmo?

– Deus não precisa de conselhos sobre o que fazer – retrucou Reb Eliezer.

– Ordeno que o judeu Eliezer Polner seja posto a pão e água na prisão e seja submetido aos tratos até revelar o que fez com aquela criança indefesa e quem o auxiliou nessa abominação – determinou o inquiridor.

Imediatamente os soldados levaram Reb Eliezer Polner e o atiraram na masmorra. As duas testemunhas, Stefan e Bárbara, também tiveram de deixar logo a câmara do inquiridor. O Conde Bratislavski piscou-lhes o olho e sorriu-lhes matreiramente.

Quando Bratislavski por fim ficou a sós com o juiz-inquiridor, disse-lhe:

– Agora que a morte de Hanka está confirmada, eu, o único herdeiro, tenho o direito de receber toda a fortuna que a mãe lhe deixou, sem maior demora.

– Espere um pouco – redargüiu o inquiridor. – Deixe abaixar primeiro a poeira de todo este escândalo. Você pegou um judeu que possui muitos amigos, até entre nós, cristãos. Dificilmente alguém acreditará que esse velho e rico banqueiro entrou na sua casa, tarde da noite, com um saco na mão, para raptar a filha de meu prezado amigo. O caso é passível de apelação a uma corte superior. O judeu pode até mesmo dispor de algum aliado no palácio do imperador. Enquanto o judeu estiver vivo e não houver confessado o delito, você terá de esperar com paciência pelo espólio de Hanka.

– Eu não posso esperar. Minha honra está em jogo – replicou Bratislavski. – Se eu não saldar incontinenti a minha dívida, o meu nome ficará maculado para sempre.

O inquiridor sorriu astutamente:

– Seu nome já estava maculado, Bratislavski, quando você nasceu.

– Meu nome permanecerá limpo e entre os melhores da Boêmia – gabou-se o conde.

Bratislavski e o juiz-inquiridor continuaram a conversar e a cochichar durante muito tempo. Embora ambos se declarassem cristãos e fossem assíduos freqüentadores de igreja, nenhum dos dois acreditava realmente em Deus e nos seus mandamentos. Dinheiro, baralho, vinho, cavalos, jogos de azar e todos os tipos de prazeres ociosos constituíam a essência de suas vidas.

Mais do que qualquer outro judeu de Praga, Rabi Leib ficou com o coração partido quando soube das terríveis novas sobre a prisão de Reb Eliezer. Sempre rogara a Deus por seu rebanho. Parecia-lhe que a redenção poderia sobrevir a cada momento. Esperava, ainda em seus dias, talvez, a vinda do Messias. O mundo seria então redimido de todos os sofrimentos e iniqüidades, e a luz divina iluminaria todas as almas, todos os corações. A sabedoria celeste inundaria o universo. Mesmo as feras carnívoras deixariam de devorar outros animais e o lobo se deitaria em paz ao lado do cordeiro. O Senhor conduziria de volta o seu povo à Terra da Promissão, o Sagrado Templo seria reconstruído em Jerusalém e os mortos ressuscitariam.

Ao invés disto, uma acusação tão hedionda era lançada contra um dos membros mais honrados e proeminentes da congregação! O rabi sabia que uma sucessão de detenções seguir-se-ia e que o carrasco de Praga logo estaria preparando a madeira e a corda do patíbulo para as execuções.

Exatamente às doze da noite, Rabi Leib levantou-se para as preces da meia-noite. Como é do costume, espalhou cinzas sobre a cabeça e entoou as lamentações pela destruição do Templo em tempos antigos. Derramou também lágrimas pela desgraça que assaltara Reb Eliezer Polner e toda a comunidade judaica nos tempos de hoje.

De repente a porta abriu-se e apareceu um homenzinho vestindo um gabardo todo remendado, com uma corda em torno da cintura e um saco nas costas, qual um mendigo. Rabi Leib ficou surpreso. Julgava ter aferrolhado a porta antes de iniciar as orações, mas, ao que parecia, ela estava aberta. Rabi Leib interrompeu as rezas e estendeu a mão ao forasteiro, uma vez que honrar os hóspedes é até mais importante aos olhos de Deus do que recitar as preces. Rabi Leib saudou o visitante com um *scholem aleikhem*, "a paz seja convosco", e perguntou-lhe:

– No que posso servi-lo?

– Muito obrigado. Não preciso de nada. Vou me embora logo – disse o forasteiro.

— No meio da noite? — admirou-se Rabi Leib.

— Preciso partir logo.

Rabi Leib lançou um olhar sobre o forasteiro e no mesmo instante lhe ficou claro que não se tratava de um viajante comum. Notou em seus olhos alguma coisa que só grandes homens possuem e que só grandes homens reconhecem — uma estranha mistura de amor, dignidade e temor a Deus. Compreendeu então que o visitante poderia ser um *lamedvovnik*, um dos Trinta e Seis Justos por cujos méritos o mundo existe, segundo a tradição. Nunca anteriormente tivera Rabi Leib o privilégio de encontrar uma pessoa dessa envergadura. O Maharal curvou, pois, respeitosamente a cabeça e disse:

— Honrado hóspede, nós, aqui em Praga, estamos em grandes apuros. Os nossos inimigos estão a ponto de nos destruir. Estamos afundados em tribulações até o pescoço.

— Sei disto — respondeu o visitante.

— E o que podemos fazer?

— Faça um *golem* e ele há de salvá-los.

— Um golem? Como? Do quê?

— De barro. Grave um dos nomes de Deus na testa do golem e com o poder do Sagrado Nome ele viverá por algum tempo e realizará a sua missão. O nome dele será Iossef. Mas tome cuidado para que ele não caia nas loucuras das criaturas de carne e sangue.

— Que Nome Sagrado devo gravar? — indagou Rabi Leib.

O viajante tirou do bolso do peito um pedaço de giz e escreveu na capa do livro de orações do Maharal algumas letras hebraicas. Depois disse:

— Agora preciso ir andando. Atente para que tudo isso permaneça em segredo. E empregue o golem apenas para ajudar os filhos de Israel.

E antes que Rabi Leib pudesse proferir uma palavra de gratidão, o homem se desvaneceu. Só então percebeu o santo rabi que a porta ficara aferrolhada o tempo todo. O Maharal quedou-se ali a tremer, louvando o Senhor por lhe ter enviado um mensageiro do céu.

Embora o santo mensageiro houvesse recomendado que a sua vinda e a feitura do golem deveriam ser mantidos em estrito segredo, Rabi Leib deu-se conta de que não poderia deixar de partilhá-lo com o seu bedel, Todrus. Todrus estava a seu serviço havia uns bons quarenta anos, e não foram poucos os segredos que lhe fora dado guardar. De físico avantajado e forte, era um homem totalmente devotado ao rabi. Não tinha mulher nem filhos. A sua vida inteira consistia em servir ao seu excelso amo. Vivia em casa deste e instalara a cama junto ao quarto de estudos do rabi, de modo a estar sempre pronto a atendê-lo não importa a que hora da noite. O Maharal bateu levemente na porta e murmurou:

– Todrus.

– Rabi, qual é o seu desejo? – respondeu Todrus, acordando imediatamente.

– Preciso de barro.

Qualquer outra pessoa, indagaria: "Barro? A esta hora da noite?" Mas Todrus aprendera a não questionar as ordens do rabi. Limitou-se a perguntar:

– Quanto barro?

– Muito.

– Um saco basta?

– Pelo menos dez.

– Onde devo pôr todo esse barro?

– No sótão da sinagoga.

Havia espanto nos olhos de Todrus, mas tudo o que disse foi:

– Sim, rabi.

– A coisa toda deve ficar em sigilo, nem minha família pode saber disso – acrescentou Rabi Leib.

– Assim há de ser – disse Todrus e retirou-se.

Rabi Leib retomou as suas orações. Podia estar certo de que Todrus cumpriria à risca o que lhe fora determinado.

Depois de concluídas as lamentações da meia-noite, o rabi recolheu-se de novo ao leito e despertou ao raiar do sol.

O Maharal conhecia muito bem o significado da palavra golem. Entre os judeus existiam legendas a respeito de golems criados em tempos de grande perigo. Segundo se contava, só aos mestres mais santos fora concedido semelhante poder, e somente após dias e dias de súplicas, jejuns e imersão nos mistérios da *Cabala*. Nunca ocorrera ao modesto Rabi Leib que a um homem como ele seria outorgado tão grande privilégio. "Será que tudo isto não foi apenas um sonho?", perguntou-se Rabi Leib. Mas, de manhã bem cedo, quando abriu a porta para a sinagoga, observou sinais de barro no piso. Enquanto o rabi dormia, Todrus fora até as valas de argila, nos subúrbios de Praga, e trouxera o barro para o sótão. Era preciso ser extraordinariamente forte e tenaz para realizar todo esse trabalho entre a meia-noite e o amanhecer.

Teria sido impossível para o Rabi Leib subir ao sótão e lá permanecer muitas horas sem que a família notasse o fato. Mas, quando no céu se quer alguma coisa, providencia-se para que tudo dê certo. Aconteceu, pois, que Guenendl, a mulher do rabi, tivera de ir a um casamento justamente naquele dia e levara com ela os filhos e a criada. A noiva era parente distante de Guenendl, uma órfã, e as núpcias seriam celebradas numa aldeia próxima. Rabi Leib não estava obrigado a oficiar na cerimônia.

No sótão, o Maharal encontrou os sacos com barro e começou a moldar a figura de um homem. Não usava cinzel, porém os dedos para esculpir. Amassou o barro com farinha. Trabalhava com grande rapidez; ao mesmo tempo não parava de pedir a Deus pelo bom êxito do que estava fazendo. O dia inteiro o rabi ficou atarefado no sótão e, quando chegou a hora das preces vespertinas, um corpo enorme de homem com cabeça colossal, largos ombros, mãos e pés imensos estendia-se no chão – um gigante de barro. O Maharal o olhou com assombro. Jamais poderia ter moldado uma tal figura e tão depressa sem a ajuda do Onipotente e da sua Providência. O rabi trouxera consigo o livro de orações onde o santificado visitante escrevera o Nome. Assim, como remate de sua tarefa, o Maharal o gravou na fronte do colosso com letras muito pequenas, de forma que somente ele, o Maharal, pudesse distinguir os caracteres hebraicos do Sagrado Nome. No mesmo instante a figura de barro começou a dar sinais de vida.

O golem principiou a mover os braços e as pernas e tentou erguer a cabeça. O rabi, entretanto, tomara o cuidado de não gravar o Sagrado Nome por inteiro. Omitira uma diminuta parte da última letra, de modo a impedir que o golem começasse a agir antes de estar vestido com as devidas roupas. Por saber que causaria admiração entre os membros da congregação o fato de ele não se achar na sinagoga para as vésperas, decidiu deixar o golem inacabado, do jeito que se encontrava, e descer as estreitas escadas. Justamente então, Todrus, o bedel, entrou pela porta da rua e o rabi lhe disse:

– Todrus, sagrados espíritos me ajudaram hoje a fazer um golem para defender os judeus de Praga. Sobe ao sótão e vê com seus próprios olhos. Mas o golem precisa ser vestido, e você terá que lhe tirar as medidas e encontrar roupas para ele. Vou às orações da tarde e, quando você conseguir as roupas, venha me procurar e me faça saber.

– Sim, rabi.

Rabi Leib foi rezar e Todrus galgou os degraus em espiral que davam para o sótão. Fora, o sol estava se pondo e, à luz das frestas no teto, ele pôde ver o golem deitado no chão, tentando levantar-se. Um medo terrível apoderou-se de Todrus. Como muitos outros judeus em Praga, escutara numerosas estórias sobre golems, mas nunca acreditara que a criação efetiva de algo assim pudesse ocorrer em seu tempo e quase diante de seus próprios olhos.

Por um longo momento Todrus quedou-se ali imóvel. "Aonde irei arrumar roupas para um gigante como este?", pensou consternado. Mesmo que fosse possível descobrir um alfaiate para tirar as medidas do golem e costurar-lhe um gabardo e calças para ele, e se pudesse encarregar um sapateiro de confeccionar-lhe um par de botas, eles levariam semanas e até meses para aprontá-los – ao passo que os judeus de Praga estavam em grande perigo agora mesmo.

Todrus sabia, depois de quarenta anos de serviço, que se o rabi dava uma ordem, precisava agir sem demora. O sol pusera-se e a escuridão instalara-se no sótão. O bedel precipitou-se pelas escadas abaixo, com o coração martelando e as pernas cambando debaixo dele. Saiu à rua e respirou fundo. Depois, começou a caminhar em direção à praça do mercado velho, esperando contra toda esperança encontrar alguma solução milagrosa. A noite caíra e o comércio começava a fechar. De repente Todrus avistou numa loja um chapéu enorme, demasiado grande para servir em qualquer cabeça humana. Era uma amostra da vitrine de um chapeleiro. Quando entrou na loja, deparou com um gabardo, um par de calças e de sapatos do mesmo incrível tamanho. Pasmo, perguntou ao dono onde havia obtido aquelas coisas tão curiosas. O lojista contou-lhe que, quarenta anos antes, um circo estrangeiro visitara Praga e apresentara uma peça chamada **Davi e Golias**. Aconteceu porém que o pessoal do circo brigou entre si, o espetáculo deixara de atrair o público, e os acessórios e cenários foram vendidos por um preço muito reduzido. O proprietário da loja disse a Todrus:

– Consegui estas coisas por uma bagatela e as comprei apenas como curiosidades que poderiam atrair fregueses. Contudo, estão aqui há tantos anos que ninguém mais olha para elas. Além disso, estão cobertas de poeira e eu não tenho nem tempo nem paciência para arejá-las e escová-las. Por que pergunta? Estou a ponto de fechar a loja, pois já é noite.

– Quero comprá-las – replicou Todrus. – Se quiser vendê-las por um preço razoável.

– O que vai fazer com elas?

– Quem pode saber? – disse Todrus. – Faça apenas um preço razoável.

– Bem, esta é a coisa mais estranha que me aconteceu nesses anos todos – considerou o comerciante. – Ninguém jamais mostrou o menor interesse por essa parafernália.

Ele deu um preço excepcionalmente baixo e em questão de minutos o negócio foi concluído. Todrus era conhecido por sua honestidade; além disso, carregava sempre consigo uma bolsa de dinheiro que pertencia à comunidade e que Rabi Leib lhe confiava.

Todrus sentiu receio de que as pessoas com as quais cruzasse pudessem detê-lo, admiradas com a sua aquisição, mas felizmente não havia ninguém na rua àquela hora da noite. Os homens encontravam-se todos na sinagoga e as mulheres estavam preparando o jantar para os maridos e os filhos. Todrus logrou inclusive subir as escadas do sótão sem ser visto e deixou lá os trajes, o chapéu e os sapatos para o golem. Por mais estranho que fosse, este havia conseguido sentar-se! Uma meia-lua fulgia lá fora e a sua luz permitiu que se visse o golem sentado sobre um velho barril de livros mofados. Todrus foi tomado de tão grande terror que entoou as palavras da prece, "Ouve, ó Israel, o Senhor é nosso Deus, o Senhor é Um".

Passado algum tempo, ressoaram os passos de Rabi Leib que subia a escada com uma lanterna onde ardia um vela de cera. O rabi, avistando o gabardo, o chapéu e os sapatos, disse ao bedel:

– Tudo é planejado pela Divina Providência. Muito embora o homem possua livre-vontade, a Divina Providência prevê todas as decisões que a criatura humana irá adotar.

Depois que vestiram o golem com aquelas bizarras roupagens, o rabi determinou:

– Muito obrigado, Todrus, agora deixe-me a sós.

– Sim, Rabi – respondeu o bedel e desceu tão depressa quanto pôde.

Por um longo momento, Rabi Leib ficou boquiaberto diante do golem, perplexo com a sua própria criação. Quão estranho se afigurava o sótão da sinagoga à luz frouxa da candeia! Nos cantos, enormes teias de aranha pendiam das vigas. Pelo chão, espalhavam-se velhos e rasgados xales de oração, trompas de chifre rachadas, candelabros quebrados, partes de castiçais, de lâmpadas de *Hanucá*, bem como páginas desbotadas de manuscritos grafados por escribas desconhecidos ou esquecidos. Através das frestas e fendas do telhado o clarão do luar refletia as cores do arco-íris. Podia-se sentir os espíritos das gerações que haviam vivido, sofrido, servido a Deus, resistindo quer a perseguições quer a tentações, e que tinham silenciado para sempre. Um estranho pensamento atravessou a mente do Maharal: "Se os que negam que Deus criou o mundo pudessem testemunhar aquilo que eu, um homem nascido do ventre de uma mulher, fiz, ficariam envergonhados por sua heresia. Entretanto, o poder de Satã é tal que ele consegue cegar os olhos das pessoas e confundir suas cabeças. Satã também foi criado por Deus, de modo que fosse dado ao homem livre-arbítrio para escolher entre o bem e o mal".

Enquanto se achava ali parado mirando o golem, pareceu a Rabi Leib que este o olhava de volta com os seus olhos de argila. Então o Maharal disse:

— Golem, você não foi formado de maneira completa, mas agora estou a ponto de terminá-lo. Saiba que você foi criado para um curto tempo e para um propósito especial. Não tente nunca desviar-se desse caminho. Você deverá proceder como eu lhe disser.

Proferindo tais palavras, Rabi Leib concluiu a inscrição da letra Alef. No mesmo instante o golem começou a erguer-se. O rabi ordenou:

— Vá até lá embaixo e espere por mim no pátio da sinagoga, onde lhe darei novas instruções.

— Sim — disse o golem, com uma voz cava, como se emanada do fundo de uma caverna.

Depois desceu, dirigindo-se ao pátio da sinagoga, que estava deserto. Os moradores do gueto iam dormir muito cedo e acordavam com o raiar do sol. Após as orações do serviço da noite, todo mundo fora para casa.

O espírito do Maharal estava por demais preocupado com o golem para prestar maior atenção à conversa com a mulher e os filhos, que haviam regressado do casamento e não paravam de tecer comentários sobre a noiva, o noivo, a festa e os convidados. Usualmente o rabi recolhia-se muito cedo, de modo a poder levantar-se para as preces da meia-noite. Desta vez esperou até que a esposa e a família fossem dormir e depois saiu silenciosamente para o pátio da casa de orações. O golem estava ali, à sua espera. O rabi aproximou-se dele:

— Golem, o seu nome será Iossef de agora em diante.

— Sim.

— Iossef, logo mais você terá que descobrir onde está a filha do Conde Bratislavski, uma menina chamada Hanka. O pai dela afirma que os judeus a mataram, mas tenho certeza de que ele está escondendo a filha em algum lugar. Não me pergunte onde encontrá-la. Os poderes que deram vida a você, também lhe darão conhecimento do lugar onde ela se acha. Você é parte da terra, e a terra sabe de muita coisa... como medrar relva, flores, trigo, centeio, frutas. Aguarde até o dia em que Reb Eliezer for levado a julgamento e traga então a menina e mostre aos nossos inimigos como eram falsas as suas acusações.

— Sim.

— Há algo que você queira perguntar? — indagou o rabi ao golem.

— Que perguntar?

— Visto que você foi feito para um único propósito, foi-lhe dado um cérebro diferente do do homem. Contudo, nunca se sabe como um cérebro funciona. Enquanto descansa e aguarda o dia em que terá de encontrar Hanka, você pode dormir, pode sonhar, pode ver coisas ou ouvir vozes. Demônios talvez tentem atraí-lo. Não lhes preste atenção. Nada de mau pode lhe acontecer. O povo de Praga não deverá vê-lo até o momento em que você deve ser visto. Até então, volte ao sótão, lá onde eu o moldei e durma o sono pacífico do barro. Boa noite.

Rabi Leib dirigiu-se para a sua casa. Sabia que o golem procederia exatamente como lhe ordenara. Tão logo chegou aos seus aposentos, recitou as preces da noite e foi dormir. Pela primeira vez em muitos anos não conseguia conciliar o sono. Um grande poder lhe havia sido confiado pelos céus e temia não tê-lo merecido. Sentiu também uma espécie de compaixão pelo golem. O rabi pensou haver vislumbrado uma expressão de perplexidade no olhar do colosso de barro. Pareceu-lhe que aqueles olhos perguntavam: "Quem sou eu? Por que estou aqui? Qual é o segredo de meu ser?" Rabi Leib entrevira muitas vezes o mesmo embaraço nos olhos de crianças recém-nascidas e até mesmo de animais.

Aqueles que desejavam que os filhos de Israel tivessem um *Pessach* miserável haviam providenciado que o julgamento ocorresse sem maiores delongas. Um dia antes da Páscoa, Reb Eliezer Polner foi levado à barra do tribunal, em companhia de um certo número de dirigentes da comunidade, indiciados por suposta cumplicidade no crime.

Três juízes estavam sentados, com perucas na cabeça e envergando longas togas pretas. Diante deles, metidos em pesados grilhões, os réus permaneciam sob a guarda de soldados armados de espadas e lanças. O juiz-mor proibira que os membros da coletividade judaica de Praga assistissem aos trabalhos da corte, mas não poucos inimigos de Israel puderam vir, com as mulheres e as fihas, para desfrutar com os próprios olhos a desgraça dos judeus. O promotor apontou o dedo indicador para Reb Polner e os outros acusados, argumentando:

– Eles se consideram o povo eleito por Deus, mas vejam como se comportam. Em vez de estarem agradecidos ao nosso imperador e a todos nós por lhes permitirmos que vivam aqui, trucidam os nossos filhos e derramam-lhes o sangue nas suas *matzes*. Eles não são o povo de Deus, porém seguidores do Diabo. O grito da menina indefesa, ao ser arrancada da cama e jogada dentro do saco, ainda ressoa nos ouvidos das testemunhas. O sangue da pobre Hanka martirizada clama por vingança. Não só o judeu Eliezer Polner e seus cúmplices, mas toda a comunidade judaica é culpada.

Um certo número de mulheres velhas começou a soluçar diante de tais palavras. Algumas mais moças puseram-se a piscar e a sorrir umas para as outras. Entenderam muito bem que a coisa toda fora urdida. O Conde Bratislavski fingiu enxugar as lágrimas dos olhos. Os judeus haviam chamado Rabi Leib como testemunha da defesa e o promotor perguntou-lhe:

– Não está escrito em vosso maldito **Talmud** que o sangue cristão deve ser vertido na massa de vossas *matzes*?

– Não, não há sinal disto, nem no **Talmud** nem em qualque de nossos livros sagrados – contestou o Maharal. – Nós não assamos nossas *matzes* em escuros porões, mas em padarias, com as portas abertas. Todo mundo pode entrar e ver. Pela lei, as *matzes* consistem apenas de farinha e água.

– Não é fato que centenas de judeus têm sido condenados por usar sangue nas *matzes*? – inquiriu o promotor.

– Lamento dizer que é verdade. Mas isso não prova que os acusados fossem culpados. Não faltam criaturas perversas, prontas a prestar falso testemunho, em especial se são subornadas para fazê-lo.

– Mas não é fato que muitos desses judeus confessaram os seus crimes?

– Também isto é verdade, mas eles só os confessaram depoi de seus ossos terem sido partidos na tortura e seus dedos dos pés e das mãos perfurados por agulhas incandescentes. Há um limite até onde o ser humano pode suportar a dor. Todos vós já ouvistes falar do caso acontecido na cidade de Altona, onde uma inocente mulher cristã, acusada de ser feiticeira, foi torturada por tanto tempo que acabou confessando ter vendido a al ma a Satã, sendo por isto queimada na fogueira. Mais tarde revelou-se que inimigos da referida mulher haviam pago a algun homens e mulheres para que prestassem testemunho contra ela

O juiz-mor bateu o martelo na mesa e disse:

– Responda às perguntas do promotor e não entre em assuntos que são irrelevantes para o caso em julgamento. Estamos aqui para considerar o assassinato de uma criança e não a inocência de uma feiticeira.

De repente a porta trancada da sala do tribunal abriu-se com estrépito e um gigante, de rosto amarelado cor de barro, irrompeu no recinto carregando uma menina nos braços colossais. A menina estava chorando e o gigante a depôs junto ao estrado das testemunhas, saindo imediatamente do recinto. Tudo ocorreu tão depressa que na sala da corte as pessoas mal puderam dar-se conta do que estava acontecendo. Ninguém chegou a pronunciar uma só palavra. A menina correu para junto do Conde Bratislavski, agarrou-se às suas pernas e começou a gritar:

– Papai, papai!

Jan Bratislavski ficou branco feito giz. As testemunhas, que deviam subir ao estrado, estacaram boquiabertas. O assombrado promotor levantou os braços com um ar de desespero. Algumas mulheres na sala do tribunal começaram a rir, enquanto outras passaram a soluçar histericamente. O juiz-mor sacudiu a cabeça com a peruca e perguntou:

– Quem é você, menina? Qual é o seu nome?

– Meu nome é Hanka. Este é o meu paizinho! – conseguiu responder a criança em pranto, apontando o dedinho para Jan Bratislavski.

– Esta é a sua filha, Hanka? – indagou o juiz.

Bratislavski não respondeu.

– Quem é o gigante que trouxe você até aqui? – perguntou o juiz. – Onde foi que você esteve, Hanka, durante todo este tempo?

– Cale a boca! Não diga uma palavra! – berrou Bratislavski para a filha.

– Responda, onde você esteve? – insistiu o magistrado.

– Em casa, na adega – respondeu a menina.

– Quem a colocou lá? – inquiriu o juiz.

– Cale a boca! Não diga nada! – ordenou o conde à filha.

– Você tem de responder, é a lei – exigiu o juiz. – Quem a colocou na adega?

Ainda que o juiz estivesse do lado do Conde Bratislavski, não se sentia mais disposto a tomar parte naquela farsa. Temeu por sua própria pele. Havia muitos cidadãos de Praga, cristãos, que queriam saber a verdade. O juiz-mor ouvira dizer que até o imperador estava irritado com aquele processo forjado. Os cristãos inteligentes, da Europa, não mais acreditavam nessa horrenda acusação. O astuto magistrado resolvera, portanto, desempenhar o papel de homem reto.

Hanka permaneceu ali em silêncio, indo com os olhos para trás e para a frente, do pai ao juiz. Depois disse:

– Este homem e esta mulher me trancaram na adega – e apontou para Stefan e Bárbara. – Eles me disseram que foi o meu paizinho quem mandou eles fazerem isso comigo.

– É mentira. Ela está mentindo – protestou Bratislavski. – Os judeus enfeitiçaram minha filhinha querida para que ela acreditasse nesse disparate. Ela é minha única e amada filha, e eu preferiria ter meus olhos arrancados a lhe fazer algum mal. Eu sou o grande Jan Bratislavski, um dos pilares do Estado da Boêmia.

– Era – contestou o juiz-mor. – Você perdeu a sua fortuna jogando baralho. Assinou uma nota promissória que não tem como pagar. Subornou estes dois rufiões para seqüestrarem a sua própria filha na adega e você poder herdar as jóias da menina. Por tais crimes você será severamente punido e perderá todos os títulos sobre suas terras e propriedades. Stefan e Bárbara – prosseguiu o juiz, – quem mandou vocês enfiarem esta terna criança na adega? Digam a verdade ou mandarei açoitar os dois.

– Foi o conde – responderam ambos.

Bárbara começou a gritar:

– Ele nos deu bebida e nos ameaçou de morte se não lhe obedecêssemos.

– Ele me prometeu duzentos ducados e um barril de vodca! – exclamou Stefan.

O juiz bateu o martelo repetidas vezes, mas o tumulto na sala do tribunal não parava. Alguns homens estavam gritando, outros brandindo os punhos. Algumas mulheres desmaiaram. O Conde Bratislavski ergueu a mão e começou a contar à corte que o próprio juiz-mor era cúmplice de seu crime e que ele deveria receber uma parte da herança, mas o magistrado bradou:

– Soldados, determino que algemem este torpe criminoso, Jan Bratislavski, e o atirem no calabouço. – Depois apontou para o conde e acrescentou: – O que quer que este velhaco tenha a dizer, ele o dirá na forca, com um laço em torno do pescoço. E agora judeus, estais todos livres. Voltai para vossas casas e celebrai vossa festividade. Soldados, tirem-lhes os ferros. Numa corte justa como esta e com um juiz probo como eu a verdade sempre prevalece.

– Quem era aquele gigante? – vozes inquiriram de todos os lados. Mas ninguém sabia a resposta. Era como um sonho ou uma daquelas estórias que as velhas contam enquanto fiam linho à luz das velas.

Embora o santo homem tivesse recomendado a Rabi Leib que mantivesse em segredo a criação do golem, o fato tornou-se logo conhecido. Por toda a cidade de Praga e pela Boêmia inteira, começaram a correr as notícias sobre um gigante que salvara os judeus de Praga de uma falsa acusação. O Imperador Rodolfo II também soube do que ocorrera no julgamento e ordenou ao Maharal que se apresentasse em companhia do gigante no palácio, tão logo passassem os oito dias da Páscoa.

Naquela noite, depois que o golem levara Hanka ao tribunal e Reb Eliezer com os outros chefes da comunidade foram libertados, o rabi subiu ao sótão e encontrou o golem deitado, qual um ídolo esculpido. O Maharal aproximou-se dele e apagou o Sagrado Nome que lhe gravara na testa, assegurando-se assim que o golem não apareceria nos dias de Páscoa e não provocaria agitação nem entre judeus, nem entre cristãos.

Foi um *Pessach* feliz para os judeus de Praga. Enquanto recitavam os milagres sobrevindos a seus antepassados na terra do Egito, também murmuravam acerca do notável prodígio que acontecera em Praga mesmo. Na Páscoa, todo judeu é um rei e toda judia, uma rainha. Constituiu grande consolo saber que o Altíssimo continuava ali presente para proteger o seu povo dos faraós de hoje, assim como o fizera há mais de três mil anos.

Terminados os festejos pascais, o Maharal retornou ao sótão no meio da noite, regravando o Sagrado Nome na fronte do golem. Desta feita, o rabi não pôde mais ocultar a existência do golem à sua família, a outros judeus e até aos gentios.

Quando a mulher do rabi, seus filhos e netos depararam com o colosso caminhando com o Maharal, puseram-se a gritar e fugiram em pânico. Os cavalos atrelados a carros e carruagens começaram a galopar em disparada ou se erguiam sobre as patas traseiras, assim que o avistavam. Os cães ladravam furiosamente. Os pombos voavam para tão alto quanto podiam e circulavam em revoada sobre o cimo dos telhados. Os corvos crocitavam. E até os bois e as vacas principiavam a mugir, ao verem o golem escanchando as longas pernas, com a cabeça sobrepairando todo mundo.

Tão logo Rabi Leib chegou perto do palácio e os guardas divisaram o gigante que o acompanhava, eles se esqueceram de sua obrigação de proteger a entrada da mansão imperial e deram no pé. O imperador logo soube do que estava sucedendo e saiu para receber o rabi e sua monstruosa companhia. Rabi Leib curvou a cabeça e disse ao golem que procedesse de igual modo.

O imperador perguntou:

– Quem é este colosso... vosso Messias?

– Majestade – respondeu o Maharal – ele não é nosso Messias, porém um golem feito de barro.

– Quem lhe deu vida? Como foi que ele chegou a Praga? – redargüiu o imperador.

Rabi Leib não podia contar a verdade, mas tampouco se predispunha a mentir. Por isso, disse:

– Majestade, há segredos que não podem ser revelados nem mesmo a um rei.

A conversa entre o Maharal e o imperador alongou-se bastante e, durante todo esse tempo, o golem permaneceu hirto, sem mexer um membro sequer do corpo. O imperador observou:

– Com um gigante como este, vocês, judeus, poderiam conquistar o mundo inteiro. Que garantias temos nós que vocês não vão invadir todos os países e nos converter, a todos nós, em seus escravos?

A isto, Rabi Leib contrapôs:

– Nós, judeus, experimentamos o gosto da escravidão na terra do Egito e por isso mesmo não queremos escravizar ninguém. O golem é, para nós, apenas uma ajuda temporária, "um ligeiro socorro". O Messias virá quando Israel tiver merecido a redenção por suas ações virtuosas e quando aprouver a Deus.

– Quanto tempo deverá viver este monstrengo? – perguntou o imperador, apontando para o golem.

– Nenhum dia a mais do que o necessário – retrucou Rabi Leib.

Enquanto o imperador e o Maharal conversavam, os sinos das igrejas começaram a repicar por toda parte, em Praga. Na cidade, existia um campanário muito alto que se chamava Torre dos Cinco. Era tão antigo que ninguém mais conhecia a razão deste nome peculiar. Corria uma lenda de que havia pertencido a cinco irmãos de sangue real, quando o povo da Boêmia ainda era pagão e adorava os ídolos. No campanário do topo havia um sino de bronze, e um atalaia estava sempre à espreita de incêndios ou de uma súbita invasão de inimigos. Quando o vigia avistou a figura descomunal do golem, pôs-se imediatamente a tocar o sino em rebate e os sineiros de todas as igrejas lhe fizeram eco. O imperador ficou apreensivo e pediu a Rabi Leib que liquidasse o golem, mas o Maharal prometeu-lhe que nenhum mal aconteceria a ninguém em Praga ou em qualquer outro lugar do Santo Império. Era a primeira vez na história dos judeus, desde que haviam sido exilados de sua terra, que um rabi precisava prometer a um rei que ele, rabi, salvaguardaria a ele, rei, e a seu povo de desventura impendente.

Quando o Maharal retornou ao gueto com o golem, a cidade parecia abandonada. Todas as lojas estavam fechadas; ninguém ousava sair. As ruas achavam-se desertas, como em tempo de peste, quando as pessoas evitam pôr o pé fora de casa a fim de não respirar o ar pestilento.

Uma vez que prometera ao imperador acabar com o golem o mais depressa possível, e como nenhum perigo imediato ameaçasse os judeus de Praga, o rabi resolveu levar o golem ao sótão da sinagoga e raspar o Santo Nome. Assim, disse-lhe que subisse e esperasse por ele. O golem procedeu como o rabi lhe ordenara. Quando o alarme se aquietou e os cabeças da coletividade procuraram o Maharal a fim de se inteirarem de sua audiência com o imperador, o rabi contou-lhes tudo e assegurou-lhes que no dia seguinte o golem não seria mais do que um enorme amontoado de argila. Haveria de novo paz e ordem na cidade de Praga, bem como no gueto judaico. Mas alguns dos maiorais da congregação objetaram;

– Por que dar cabo de um pilar de força para os judeus? Talvez devêssemos deixá-lo viver.

Ao que o Maharal replicou:

– De acordo com os nossos sacrossantos livros, não é esta a via por onde há de vir a nossa salvação. O nosso Messias será um santo homem de carne e sangue e não um golem feito de barro. – E prosseguiu o mestre: – O que o Senhor fez por nós, Ele poderá fazer de novo em tempos de grande perigo. – Então citou o dito do **Talmud**: Milagres não acontecem todos os dias.

Rabi Leib cumpriu a sua promessa ao santo que o visitara em meio da noite e jamais contou à sua mulher, Guenendl, com que poderes criara o golem, embora ela o interrogasse com freqüência a este respeito. Mas Guenendl soube de tudo através de Todrus, o bedel. A razão pela qual desejava conhecer todos os detalhes acerca do golem era a seguinte: a casa do rabi tinha um jardim com muitas árvores de frutas e grande profusão de flores, em cujo meio se erguia uma rocha imensa. Era tão grande que removê-la com pá e picareta levaria anos e anos. A respeito desta rocha, havia uma lenda: um grande tesouro em ouro estaria enterrado debaixo dela. Contava a estória que havia uma vez um homem muito rico em Praga, um alquimista capaz de transmutar chumbo em ouro. Durante o dia todo estudava o **Talmud** e outros livros sagrados, mas à noite explorava a magia da alquimia. Ele não usava o ouro em seu próprio benefício e conforto, porém dava-o aos pobres. Enviava-o também por mensageiros à Terra Santa, onde sustentava uma *ieschive* para cabalistas. Aconteceu que, um certo dia, o senhor da Boêmia, um tirano corrupto e ganancioso, decidiu matar o santo homem e apossar-se de todos os seus tesouros. Inventou um crime disparatado que o alquimista teria cometido e este foi condenado à forca. Quando se achava sob o patíbulo, com a corda na garganta, gritou para o malvado soberano: "Jamais conseguireis ver este ouro ou fazer qualquer uso dele!" Um minuto depois de enforcado o santo cabalista, o tirano ficou cego, de modo que nunca pôde contemplar o seu butim. Também a lepra o tomou, e o fedor de sua carne era tão nauseabundo que precisou abdicar do trono, sendo enviado a uma área de reclusão para leprosos. O novo soberano, seu sucessor, também quis apoderar-se do ouro, mas uma pedra imensa caiu do céu e enterrou-o, com o tesouro do alquimista, no solo onde era agora o jardim do rabi. Nenhum esforço de trabalho, por maior que fosse, lograria escavar aquela riqueza.

Guenendl era mulher muito empenhada em obras de caridade. Anos seguidos sonhara com a idéia de mover a rocha e retirar o ouro para amparar a gente pobre do gueto, bem como os cabalistas da Terra Santa. Visto ser o próprio Rabi Leib conhecido cultor da *Cabala*, Guenendl tentara repetidas vezes persuadir o marido a empregar os seus poderes para remover a rocha. Mas o rabi dissera-lhe que aquilo que os céus tinham coberto nenhum homem poderia descobrir. Agora que Guenendl pudera testemunhar a força sobrenatural do golem, ocorrera-lhe que o destino talvez o tivesse enviado a fim de resgatar o tesouro perdido. Depois que Rabi Leib regressara da audiência com o imperador, sua mulher quis convencê-lo a utilizar o golem para deslocar a enorme pedra. Ela argumentou durante horas, salientando quão grande era o número de pessoas que poderiam ser auxiliadas com aquele ouro recuperado. Ela apelou de tal maneira à natureza compassiva do rabi que este cedeu e, com relutância, prometeu fazer o que ela estava pedindo.

Aquela noite o rabi e sua mulher não pregaram o olho.

O Maharal subiu ao sótão da sinagoga, gravou o Sagrado Nome na testa do golem e ordenou-lhe que removesse a rocha do lugar e desenterrasse o ouro lá escondido.

Antes, quando o rabi lhe dava uma ordem, o golem dizia sim, e isto constituía o sinal de sua disposição e de sua capacidade de executar o que lhe fora determinado. Mas, desta vez, o golem não respondeu. Sentou-se e encarou o rabi à luz do luar que penetrava através das frinchas do telhado. Havia algo de desafiador no olhar do colosso. Rabi Leib perguntou-lhe:

– Ouviu o que mandei fazer?

E o golem disse:

– Sim.

– Vai fazer o que mandei? – insistiu o rabi.

E o golem replicou:

– Não.

– Por que não? – inquiriu o rabi, estupefato.

Por um instante o golem pareceu ponderar, depois declarou:

– Golem não sabe.

Rabi Leib compreendeu que agira erradamente acedendo ao pedido de Guenendl. Toda magia é de tal ordem que o uso indevido, por mais leve que seja, estraga o seu poder. Dada a promessa que fizera ao imperador, o Maharal disse ao golem:

– Inclina a cabeça.

Era intenção do rabi apagar o Sagrado Nome daquela

fronte e para sempre. Mas, em vez de obedecer, o golem contestou:

– Não. – Estava claro que o mestre havia perdido a sua autoridade sobre o golem, definitivamente.

O rabi sentiu-se angustiado. Era inútil argumentar com um desmentado golem. Havia cometido um engano que agora não tinha como corrigir.

Pela cidade de Praga espalhou-se logo a notícia, entre judeus e entre cristãos, que o Maharal perdera o domínio sobre o golem, o qual andava à solta pelo pátio da casa, ajudando canhestramente Todrus, o bedel. Esperava-se que o imperador punisse por isto Rabi Leib e talvez lançasse duros decretos sobre toda a comunidade judaica. Por outro lado, parecia que até mesmo um imperador tão poderoso quanto Rodolfo II hesitava em agravar o Maharal, os judeus e, especialmente, o golem. Além do mais, este aparentemente não oferecia perigo a ninguém. Agia como uma criança demasiado crescida, ansiosa por servir todo mundo. Estórias engraçadas eram contadas a seu respeito.

Um aguadeiro trazia habitualmente água à casa do Rabi Leib para cozinhar e lavar. Aconteceu que o aguadeiro adoeceu e Guenendl pediu ao golem que fizesse o serviço. Ele pegou com presteza dois baldes e correu até o poço. Quando as moças que iam buscar água e lavar roupa branca na cisterna viramno, assustaram-se, largaram os baldes e as peças de roupa, e fugiram tomadas de terror. O golem encheu os seus vasilhames, transportou-os com incrível rapidez e despejou a água no reservatório da casa. Aconteceu então que Guenendl precisou sair por causa de um quefazer doméstico e que o golem não parava de trazer água. Quando a esposa do rabi voltou, todas as dependências da casa estavam inundadas. Guenendl tentou explicarlhe que a água só deveria ser derramada na caixa até a borda e não mais, porém o golem não conseguia entender isso.

Até então, o golem nunca sentira a menor necessidade de comer. De repente, começou a mostrar apetite. Quando Guenendl lhe ofereceu uma bisnaga de pão, ele a engoliu inteirinha, no mesmo instante. Sentindo sede, meteu a cabeça num jarro de água e bebeu a metade de uma só vez. Um dia, quando saiu de casa e deu com a criançada na rua, brincando de pegador, começou a correr com elas, pulando e saltando sobre tudo o que se encontrasse em seu caminho. De outra feita, quando entrou na cozinha e a cozinheira do rabi tinha no fogo um panelão cheio de carne, agarrou o panelão e o despejou na goela.

Uma vez que não dispunha de meios para acabar com ele, o Maharal decidiu ensinar-lhe a portar-se como um ser humano, mas a mentalidade do golem era a de uma criança de um ano de idade, enquanto a sua força era a de um leão. Ele não falava, porém uivava. Quando algo lhe agradava, ria desvairadamente. Certa ocasião, Guenendl deu-lhe uma tigela de sopa com uma colher. O golem engoliu a colher com a sopa. Como uma criança, considerava tudo um brinquedo. Um dia, passou perto de um monumento – um rei de bronze, de espada em punho, montado num corcel. O golem ficou tão excitado que arrancou a estátua de seu pedestal e saiu correndo com ela.

Tudo lhe servia de folguedo: uma escada, uma pilha de tijolos, um barril cheio de conservas, um soldado vivo. Entrava nas padarias, tirava com a pá todos os pães do forno e tentava engoli-los de uma só vez. De certa feita, quis comer toda a carne de um açougue. De quando em quando, algo de bom também resultava de suas extravagâncias. Uma ocasião passou por uma casa em chamas, contra as quais os bombeiros estavam lutando. O golem pulou para dentro do fogo e apagou as labaredas com as mãos nuas. Quando saiu de lá, estava preto de fumaça e fuligem. Os bombeiros regaram-no com água.

Após algum tempo, começou a apresentar sinais de maturação e crescimento espiritual. Parecia estar aprendendo melhor a língua ídiche e pronunciava as palavras mais claramente. Denotava alguma capacidade para desenvolver-se e amadurecer. Certos judeus em Praga julgavam que valia a pena suportar todos os seus desatinos, na esperança de que ele pudesse amadurecer um dia e tornar-se um defensor constante dos judeus na Boêmia e, talvez mesmo, em outros países, igualmente. Havia até alguns que pensavam ser ele possivelmente um precursor do Messias. Sabia-se que os inimigos dos judeus estavam desconcertados com a existência do golem e sentiam-se ameaçados por seu poderio. Havia ledores da buena-dicha em Praga que prediziam que os judeus, com a ajuda do golem, dominariam o mundo inteiro. Rabi Leib, no entanto, não partilhava de suas esperanças. Ele sabia que a salvação nunca poderia provir da pura força física.

Para o seu desapontamento, o Maharal começou a perceber que o golem estava se tornando dia a dia mais humano; ele espirrava, bocejava, ria, chorava. Desenvolvera até o desejo de possuir roupas. Certa vez, tendo adormecido durante o dia, ao acordar, Rabi Leib viu o golem experimentando o seu gorro de pele, a sua veste franjada e inclusive os seus chinelos, muito embora nenhum deles lhe servisse. Parado diante do espelho, fazia visagens. O rabi notou também que o golem começara a deixar crescer a barba. Estaria ele a ponto de tornar-se um homem como os outros homens?

Um dia, quando Rabi Leib estava sentado em sua sala de estudo, imerso na leitura de um texto sagrado, o golem entrou. Até então, sempre desabava ali, em meio a um barulho e a um tumulto assustador. Desta vez, abriu a porta cuidadosamente e aproximou-se com passos sem ruído. Rabi Leib ergueu os olhos do livro:

– Iossef, o que é que você quer? – perguntou.

O golem não respondeu imediatamente. Pareceu hesitar por um minuto, depois indagou:

– Quem golem?

Rabi Leib o olhou desconcertado.

– Você é Iossef, o golem.

– Golem velho?

– Não é velho.

– Golem *Bar Mitzve*?

Rabi Leib mal conseguiu crer em seus próprios ouvidos. Onde é que o golem viera a saber de tais coisas?

– Não, Iossef.

– Golem quer *Bar Mitzvá*.

– Você ainda tem muito tempo.

O golem manteve-se por um instante calado. Depois perguntou:

– Quem pai golem?

– O pai de todos nós no céu – replicou Rabi Leib.

– Quem mãe golem?

– Você não tem mãe.

– Golem irmão, irmã?

– Não, Iossef.

O golem contorceu-se. De repente soltou um grito lacerante. Rabi Leib estremeceu.

– Por que está chorando, Iossef?

– Golem sozinho.

Um forte sentimento de compaixão apoderou-se do rabi.

– Não chore. Você prestou grande ajuda aos judeus, você salvou a comunidade inteira. Todos são seus amigos.

O golem pareceu ponderar essas palavras.

– Golem não quer ser golem – bradou ele.

– O que é que você quer ser?

– Golem quer pai, mãe. Todo mundo foge do golem.

– Sábado, na sinagoga, farei anunciar que ninguém deve fugir de você. Agora incline a cabeça.

– Não.

Rabi Leib mordeu os lábios:

– Iossef, você não foi criado como toda a gente. Você executou a sua tarefa e agora é tempo de se recolher. Incline a cabeça que eu o farei descansar.

– Golem não quer descansar.

– O que é que você quer?

– Golem não quer ser golem! – gritou o colosso em voz de lamento.

Assustado com o clamor do golem, Rabi Leib disse:

– Por favor, Iossef. Você cumpriu o mandato de Deus. Quando necessitarmos de você, tornaremos a acordá-lo. Imploro-lhe, incline a cabeça.

– Não.

O golem saiu da sala de estudo, batendo a porta. Pôs-se a correr pelas ruas de Praga, e quem quer que o visse era tomado de medo. Tropeçou numa cesta de frutas e quebrou as barracas dos vendedores de verduras. Derrubou barris e caixotes. Rabi Leib ouviu o que estava acontecendo e rogou a Deus que o golem não cometesse nada que desgraçasse a comunidade. Não demorou muito para que um oficial superior da polícia entrasse na sala de estudos do Maharal. Disse ele:

– Rabi, o vosso golem está destruindo a cidade. O senhor precisa contê-lo. Do contrário, todos os judeus terão de deixar a cidade de Praga.

O governo não se limitou a advertir Rabi Leib. Foi expedida também uma ordem para capturar o golem, metê-lo em ferros e, se ele resistisse, cortar-lhe a cabeça. Algumas das ruas que levavam ao palácio tiveram o seu acesso bloqueado. Aqui e ali, foram escavados grandes fossos em que o golem cairia se por ali passasse. Mas o golem não temia nem guardas nem cercas nem fossos. Transpunha todas as barreiras. Pegava soldados vivos e começava a jogar com eles como se fossem soldadinhos de chumbo. Pedras muito pesadas repinchavam nele como se fora feito de ferro. Após algum tempo, retornou ao gueto. Passou por um *heder* onde um *meladed* estava ensinando o abecedário à criançada. O golem não teve dúvida, entrou e sentou-se num banco. Os garotos olharam com espanto para o gigante que se havia instalado no meio deles. Mesmo sentado, a sua cabeça batia no teto. O professor compreendeu que o melhor a fazer era continuar com a aula, como se nada tivesse ocorrido.

– Alef, Beis, Guimel, Daled[2]... – recitou ele, apontando com

2 *Pronúncia em hebraico asquenazi e ídiche das primeiras letras do alfabeto hebraico.*

um indicador de madeira para as letras que havia escrito sobre uma tabuleta.

– Alef, Beis, Guimel, Daled... – repetiu o golem com uma voz que pôs as paredes a tremer.

Naquele momento, Todrus, o bedel, assomou à porta aberta do *heder*:

– Iossef, o rabi quer falar com você.

– Golem quer Alef, Beis, Guimel, Daled – declarou ele.

– Você tem que vir comigo – contestou Todrus.

Por um momento o golem deu a impressão de estar enraivecido. Parecia achar-se a ponto de agarrar Todrus com suas enormes patas e quebrar-lhe todos os ossos do corpo. Contudo, logo depois levantou-se e saiu com o bedel. Quando chegaram à sala de estudos do rabi, já começava a escurecer. O Maharal fora à sinagoga para as preces vespertinas. O golem dirigiu-se à cozinha. A mulher do rabi, Guenendl, com um livro de orações na mão, estava rezando. Todos os filhos de Rabi Leib eram casados e tinham filhos, por sua vez. Além da criada, Guenendl mantinha uma jovem órfã chamada Miriam, que ajudava nos afazeres da casa. O golem sentou-se no chão. Parecia cansado. Miriam perguntou-lhe:

– Iossef, você está com fome?

– Fome – repetiu o golem.

A moça trouxe-lhe uma grande tigela de aveia, de que o golem deu cabo num instante. Depois ele disse:

– Golem fome.

Miriam serviu-lhe pão, cebolas e rabanetes. O golem engoliu tudo na hora. Miriam sorriu. Ela lhe perguntou:

– Onde é que você enfia tanta comida?

– Comida – fez eco o golem. De repente, ele disse: – Miriam moça bonita.

A jovem começou a rir:

– Ei, golem, eu não sabia que você olhava para as moças.

– Miriam moça bonita – reafirmou o golem.

Se outro homem lhe tivesse dito isto, ela ficaria com certeza ruborizada. Naquele tempo as donzelas eram conhecidas por sua timidez. Mas, diante de um golem, Miriam não sentia qualquer embaraço. Assim, indagou brincando:

– Você gostaria de me ter como noiva?

– Sim, noiva.

Ele a encarou com largos olhos. De súbito, fez algo que a estarreceu. Ele a levantou e a beijou. Seus lábios eram rascantes como um ralador de raiz-forte. A moça gritou e o golem exclamou:

– Miriam noiva Golem.

Ele a pôs de volta no chão e bateu palmas com as enormes mãos. Exatamente então Guenendl entrou e Miriam contou-lhe o que acontecera.

No dia seguinte, Rabi Leib chamou a jovem à sua sala de estudos e a fez prometer que na primeira oportunidade em que o golem inclinasse a cabeça ela apagaria o Sagrado Nome de sua fronte. Assegurou-lhe ainda que não haveria nenhum peca do nisso, porque Iossef não era um ser humano, mas apenas uma criatura artificial e temporária. Explicou-lhe também que o golem não tinha alma, tinha somente *nefesch* – a espécie de espírito que é dado aos animais superiores.

Miriam comprometeu-se com o Rabi Leib a proceder como lhe era solicitado. Entretanto, passaram-se dias e, embora Iossef houvesse curvado muitas vezes a cabeça em sua direção, ela não conseguia de modo algum decidir-se a apagar o Santo Nome de sua testa. Entrementes, o golem continuava a pratica um desatino após outro. Um dia, quando passava junto à Torre dos Cinco e ao notar o atalaia no alto rondando o imenso sino começou a escalar o campanário com a agilidade de um macaco. Em questão de minutos havia alcançado o balcão do topo. Quando o vigia avistou aquele gigante subindo pelas paredes, sentiu-se tão alarmado que começou a soar o sino. Uma multidão de pessoas apinhou-se para assistir à proeza. Soldados e bombeiros, ouvindo o rebate, acorreram. O golem, de seu lado, uma vez chegado ao topo, empurrou o guarda pela porta que dava para a escada em espiral, e se pôs a passejar com rapidez em torno do sino. Demorou algum tempo até que se cansasse deste jogo e então escorregou pela parede da torre alcançando em poucos segundos o solo. Ele parecia ter olhos de águia, poi ao localizar Míriam entre o aglomerado de gente, disparou em sua direção, tomou-a nos braços e saiu correndo alegremente pelas ruas de Praga, pulando e dançando de júbilo. Quando Rabi Leib soube da façanha, censurou-o amargamente por provocar com a sua conduta a ira do povo, mas ele retrucou:

– Golem não mau. Golem boa pessoa.

No dia seguinte, uma carruagem puxada por oito cavalos brancos, com dez dragões cavalgando à frente soando clarins e abrindo caminho, entrou pelo portão do gueto. A carruagem deteve-se diante da casa de Rabi Leib, e um general, que era o comandante do exército, apeou-se. O Maharal saiu para recebe o grão-senhor e curvou a cabeça bem baixo. O general disse:

– Vim procurá-lo com uma ordem do imperador.

– Qual é a ordem, Alteza?

– Foi decretado por Sua Majestade que o golem será incorporado ao exército da Boêmia – declarou o general. – Vamos forjar armas especiais para ele e lhe ensinaremos a manejá-las. Estamos dando ao vosso golem oito dias a fim de se preparar para o serviço.

– Mas, Excelência, o golem não é um ser humano de carne e sangue – protestou Rabi Leib. – Não se pode confiar nele.

– Nós havemos de instruí-lo a ser um guerreiro. Com um soldado como o golem, poderíamos submeter muitos de nossos inimigos.

– Excelência, o golem não foi criado para travar guerras.

– Rabi, não posso entrar em pormenores com o senhor – rebateu o general. – Dentro de oito dias o vosso golem será um soldado. É um decreto imperial.

E o general retornou à carruagem e partiu com a sua comitiva.

Rabi Leib começou a andar de um lado para outro em seu *scriptorium*. Criara o golem para amparar os judeus. Agora, ele devia tornar-se soldado do imperador. Quem sabe o que este golem seria capaz de fazer. Poderia atacar os seus superiores e os judeus seriam responsabilizados pela quebra de disciplina. Rabi Leib mandou chamar Miriam e disse-lhe:

– Miriam, você precisa apagar o Santo Nome, seja como for, e acabar com o nosso golem. Isto não pode ser adiado.

– Rabi, não posso fazer isto.

– Miriam, em nome da Torá, ordeno-lhe que o faça. Estou longe de ser um assassino, mas o barro tem de voltar ao barro.

– Rabi, para mim é como se o senhor me mandasse matar um homem.

– Miriam, estou pronto a apagar o Santo Nome eu mesmo, mas você precisa fazer com que ele incline a cabeça ou que ele durma.

Após algum tempo, Miriam disse:

– Rabi, farei o que puder.

A moça regressou à cozinha. O golem a fitou com olhos desvairados e bradou:

– Golem fome!

Miriam abriu a despensa e o golem comeu toda a comida que estava à vista. Ele viu uma garrafa na prateleira mais baixa, agarrou-a e tentou engoli-la.

– Iossef, o que está fazendo? Espere um instante.

– O que é isto? – perguntou ele.

– Vinho – explicou a jovem. – Isto não é para comer, mas para beber.

Miriam encheu o copo e o golem tragou o vinho. Ela trouxe mais uma garrafa, mais uma terceira, e o golem continuou bebendo e pedindo:

– Mais!

Ele ainda não estava bêbado. Miriam lembrou-se então que na adega o rabi guardava vinho para as bênçãos do *Schabat*, bem como o vinho de Páscoa que a família bebia no *Seder*, quando cada um dos comensais devia tomar quatro taças.

– Iossef, vamos à adega – disse a moça. – Há muito vinho lá.

Miriam desceu as escadas de acesso e o golem a seguiu. Fazia frio na adega, e o lugar era escuro, mas Miriam deixou aberta a porta para a cozinha e uma réstia de luz filtrou-se. O Maharal ouvira o que estava acontecendo e postara-se junto à entrada da adega a fim de assegurar-se de que o golem não causaria nenhum mal à moça. Miriam disse ao golem:

– Agora, você pode beber tanto quanto desejar. – E, ao dizê-lo, prorrompeu em choro.

O golem pegou uma pipa de vinho, forçou a tampa e começou a beber. Miriam ficou ali parada, embasbacada e sufocando as lágrimas. O golem continuou a encher-se de vinho, respirando pesadamente e grunhindo de prazer. Os seus olhos tornaram-se ao mesmo tempo suaves e selvagens. Ele gritou:

– Golem ama vinho.

Foram as suas últimas palavras. Em seguida caiu no chão e começou a roncar. Rabi Leib ouviu e viu o que estava acontecendo e desceu as escadas. Então curvou-se sobre o golem e recitou:

– Terra para a terra e pó para o pó. Deus, bendito seja Ele, é perfeito; todos os seus caminhos são julgamento; um Deus da verdade e sem iniqüidade; justo e reto é o Senhor.

Depois de pronunciar tais palavras, o Maharal apagou o Sagrado Nome da testa do golem. Beijou a argila onde o Santo Nome estivera gravado. O golem deu um último ronco e deixou de ter vida.

Rabi Leib subiu à sala de estudos. Miriam porém permaneceu na adega. Ela se inclinou e beijou os olhos do golem e a sua boca. Chorava tão copiosamente que as lágrimas quase a cegaram.

Naquela noite, Rabi Leib e Todrus transportaram o corpo do golem para o sótão da sinagoga. No gueto reinou um grande temor de que o imperador, quando soubesse que o golem estava morto, pudesse tirar vingança de todos os judeus, especialmente do Maharal. Mas isto não ocorreu. Por algum motivo, os chefes militares não se sentiam felizes com a idéia de transformar o golem num de seus soldados. Receavam que ele chegasse a desmoralizar o serviço inteiro ou até a atacar os seus comandantes. Tornara-se também claro, para muitos gentios, que os judeus não eram tão fracos e indefesos quanto seus inimigos pensavam que fossem. Um grande poder encontrava-se oculto neste povo que Deus escolhera como seu e a quem prometera restaurar à glória no Fim dos Dias.

Ainda que o golem não fosse um homem, Rabi Leib recitou o *Kadisch* por ele.

Lendas começaram a espalhar-se a seu respeito. O golem foi visto à noite no palácio do imperador; viram-no parado junto a um moinho de vento, cujos braços fazia girar; foi avistado no topo da Torre dos Cinco, com a cabeça nas nuvens.

Um fato surpreendente abalou o gueto: Miriam desapareceu. Uma noite Guenendl a viu recolher-se e a escutou recitando o "Ouve, ó Israel...", antes de pegar no sono. Na manhã seguinte a cama estava vazia. Correram rumores de que Miriam fora vista, ao amanhecer, caminhando na direção do rio, mais provavelmente para atirar-se nele. Outros acreditavam que o golem estava esperando por ela na escuridão, e a levara com ele para um lugar onde espíritos enamorados se encontravam. Quem pode saber? Talvez o amor tenha mais poder do que um Sagrado Nome. O amor, uma vez gravado no coração, nunca pode ser apagado. Vive para sempre.

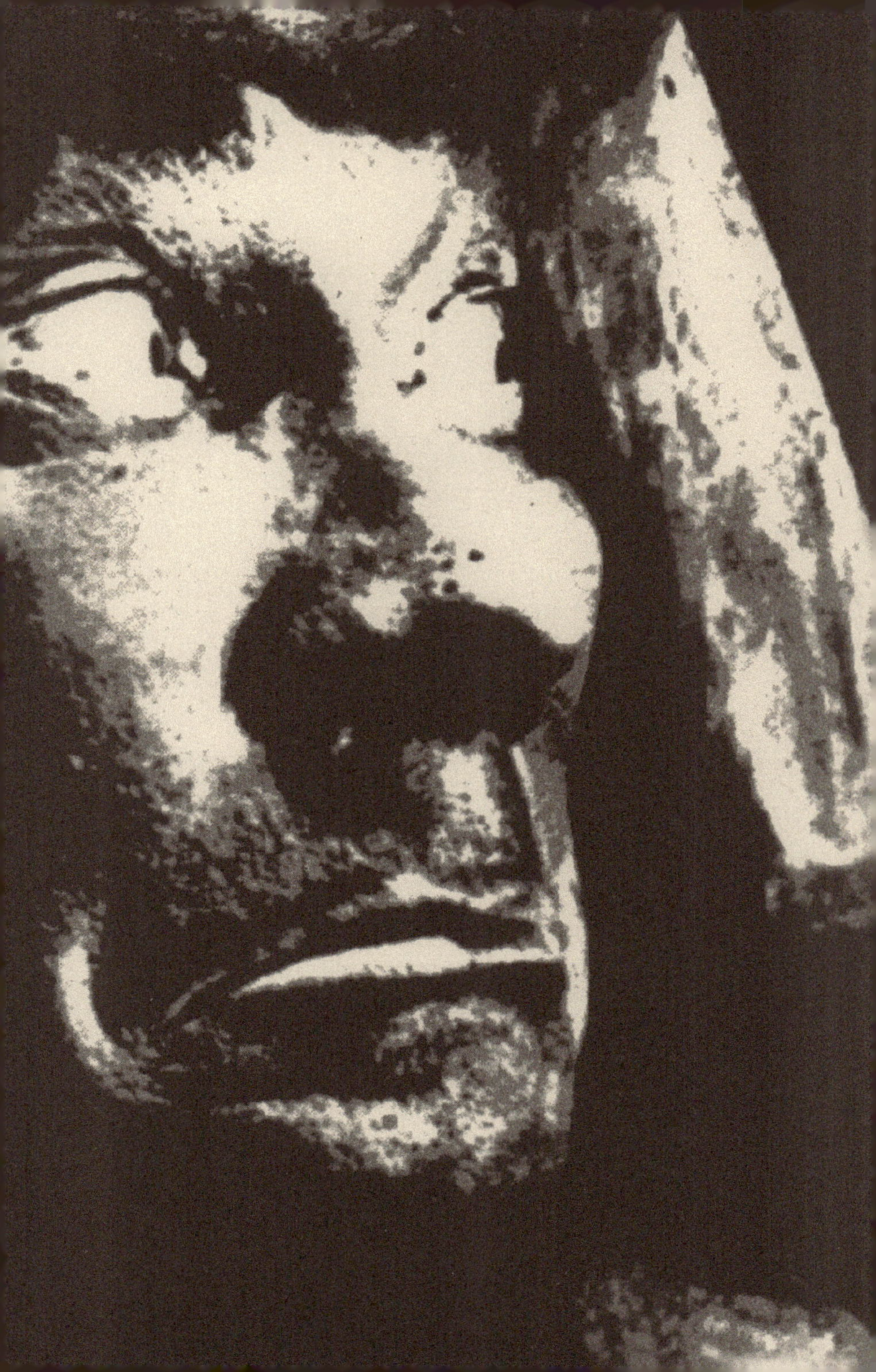

De barro, mas não de ferro
J. Guinsburg

Muitos têm sido os produtos míticos e lendários do confronto do homem com o seu destino e a sua história. Um deles, no caso judaico, é o golem. Trata-se de uma das mais vivas e significativas fabulações do imaginário popular-religioso. Oriunda das especulações do cabalismo medieval e talvez da gnóstica da era talmúdica – como se lê em G. Scholem[1] – uma de suas fontes estaria no **Sefer Ietzirá** ("Livro da Criação") e uma de suas principais reelaborações a ligou a uma expressão maior do judaísmo quinhentista, o Maharal de Praga. Embora a pesquisa científica assegure que tal vinculação não encontra respaldo no horizonte das preocupações alquímicas, místicas e messiânicas do referido rabi e que ela é na realidade uma transferência realizada no século XVIII, a partir dos relatos sobre o Rabi Elias de Helm (1538), não resta dúvida que a lenda do golem quase se confundiu, modernamente, com a versão centrada na figura de Rabi Iehuda Loew. Quer na circulação oral, quer na narração literária ou nas representações teatrais, cinematográficas e das artes plásticas, bem como nas composições musicais do tema, é nesta relação que se tem veiculado o mito da criação de um artefato humanóide judeu.

Dois enfoques podem ser destacados na maneira como vem sendo entendida, em nossos dias, a história do Maharal e de sua potente criatura. O mais universal por certo decorre da perspectiva tecnológica e da informática. Neste sentido, é famosa a frase de Norbert Wiener, o "pai" da Cibernética, que em **God & Golem, Inc.** considerou "a máquina como a contraparte moderna do Golem do Rabi de Praga"; uma percepção da mes-

1 "Idéia do Golem", em A Cabala e o seu Simbolismo. *São Paulo, Ed. Perspectiva, 1978.*

ma ordem surge em Abraão Moles que, no ensaio sobre **Le Judaïsme et les Choses**, vê "o Golem como ilustração e comentário do poder de conhecer as coisas e agir sobre elas". Para ambos, tratar-se-ia, em suma, de um mito tecnológico. É claro que tal abordagem tem procedência. Tanto mais quanto seu acento recai numa questão que, se é nodal para a cultura de nosso tempo, nunca deixou de estar refletida na produção mítica, na medida em que de maneira implícita ou explícita ela se propõe em boa parte das representações das práticas mágicas e das conquistas técnicas. Entretanto, a pertinência deste entendimento não retira à lenda do golem o caráter particular que a une umbilicalmente ao seu universo de origem e a torna tão consignativa, de seu ponto de vista. Daí o segundo enfoque do tema.

De fato, não há como desconsiderar, na alquimia mítica que depositou as suas destilações na figura do golem, os ingredientes da sócio-história do judaísmo. A única dúvida é a que gira em torno da natureza de suas coalescências e sublimações características. Gershom Scholem[2], por exemplo, tem por acréscimo literário tardio a atuação do servo-humanóide como defensor da comunidade. Seria uma ideologização efetuada em 1909, por Yudel Rosenberg, um dos *raconteurs* da lenda no **Livro dos Prodígios do Rabi Liva com o Golem**, e estar-se-ia às voltas com uma invenção ficcional, induzida talvez pelas reiteradas acusações de crime ritual montadas pelo anti-semitismo da época em países da Europa Central e Oriental, segundo pensa o renomado estudioso do fenômeno místico no judaísmo. Nesta visão, baseada em minucioso rastreamento pelos textos disponíveis, o homúnculo gigante jamais teria sido concebido nem criado, em suas diferentes vivificações lendárias, para semelhante fim entre os serviços especulativo-religiosos e esotéricos a que estaria destinado. De outra parte, nem por isso fica provado cabalmente a inexistência da tradição em que Rosenberg alega haver se louvado. Há indícios de que, ao recontá-la, este narrador retomava uma versão circulante sobretudo nos meios hassídicos, de há muito. Qual a sua efetiva relação etnográfica com a síntese que engajou o golem na proteção coletiva é tarefa da pesquisa especializada. Em todo caso, não poucos estudiosos da cultura popular a invocaram como proveniente do período pré-moderno da Diáspora judaica, ou seja, anterior à Revolução Francesa, ponto de vista que Bashevis Singer perfilha. Na introdução ao catálogo da exposição sobre o **Golem!**, realizada em The Jewish Museum de Nova York em 1988, ele define o golem como "...um homem

2 *Ibid*

artificial... criado para defender os judeus de Praga no século XVI". E é neste ângulo, com uma inflexão nacionalizante, que se projeta a outra, e predominante, visada da saga do Maharal e das maravilhas de sua arte cabalística. Que feitio assume aí o seu feito?

A tosca criatura, que a efabulação místico-mágica vinha retrabalhando através dos séculos, é operacionalizada como uma espécie de sucedâneo do Messias. Mas a curto prazo. Para um fim limitado. No "pequeno" tempo conjuntural e não no "grande" tempo final. Mesmo porque é artefato de mãos humanas, ainda que sapientes e inspiradas, e não criação original divina. Plasmá-lo é faculdade da ação mística, e não primordialmente mágica, do mestre judeu, justamente na sua condição de simples mortal. Da leitura cabalística que ele faz dos mistérios da Escritura e dos desígnios do Altíssimo, do poder de intervenção e de manipulação que esta gnose lhe empresta, advir-lhe-á a competência secreta de fabricação pela qual o golem tomará corpo e cujo sopro vital emana da palavra hebraica *Emt* (*emet*, "verdade") que o inscreve na existência. Informe e imperfeito, em face da forma e da perfeição dos produtos divinos, sua *anima* carece de essência espiritual superior. Como pura animação material, constitui uma força bruta cujo alcance, apesar de seu tremendo poderio, não vai além das coisas deste mundo. Aí, é verdade, pode alterar as relações de força e trazer ajuda circunstancial a situações aflitivas do exílio judaico, mas nunca solucioná-lo em definitivo. A materialização absoluta de seu poder só redundaria em catástrofe. Pois não lhe seria dado mais do que assumir a feição cabal da negatividade como potência maquinal e destruidora, que levaria à instauração da violência incontrolável e do terror indiscriminado, isto é, ao domínio do Mal. Ora, tal império só poderia ocorrer se toda a ordenação e todo o governo de Deus, na providência de sua eticidade fundamental, fossem derrogados e aniquilados. Mas isto é algo que o judaísmo, no âmbito de suas idéias motoras e de seu processamento histórico, não teria como gestar e muito menos admitir. Daí a inevitável provisoriedade e limitação do golem e de seu poder operativo, tal como a história do Rabi de Praga o refletiu.

A magia deste mito capturou a imaginação de muitos artistas modernos do Ocidente, judeus ou não. Seu impacto é registrado desde que Jacob Grimm divulgou uma das versões da lenda, no fim do século XVIII. Invocações que vão do romantismo ao expressionismo, da *pop-art* à história em quadrinhos evidenciam a sempre renovada atualidade de seu poder inspirador. Pinturas, gravuras, desenhos, esculturas, filmes, balês e música, além da ficção narrativa, recriaram-no com as faces e os repertórios do universo de seus autores. A poesia de Jorge Luis Borges não deixou de exorcismá-lo. Sua sombra se estende e se confunde às vezes com o fantástico dos Frankensteins e o terror robotizado (não é mero acaso que Karl Capek, o notável dramaturgo de **R.U.R.** e inventor da palavra *robot* fosse um tcheco de Praga). Mas é no âmbito da criação judaica que esta presença se tornou marcante no século XX. Na literatura, a sua potência de simbolização suscitou respostas em I. L. Peretz, H. Leivick, Eli Wiesel e I. Bashevis Singer, entre outros. No teatro, por exemplo, **Der Goilem**, o poema dramático onde Leivick põe em confronto a espiritualidade dos ideais e a violência brutal das realidades, na perspectiva da Revolução Russa e da busca da "redenção" humana, tornou-se um clássico não só da dramaturgia ídiche como da encenação hebraica, na representação do Habima.

É fácil compreender por que o tema do golem devia exercer atração certa sobre um autor como Isaac Bashevis Singer. Basta analisar o seu mundo ficcional e as raízes deste. Os "espíritos" da religião, da mística e dos mitos que habitam a tradição e a narrativa popular constituem um dos eixos do seu temário. Isto, mesmo quando ele os expõe à luz crítica, inteiramente moderna, do jogo irônico entre a ética e a libido, processado milenarmente no poço da história judaica sob a forma dos valores instituídos e das paixões reprimidas nas realidades individuais e coletivas da existência. Mas como é que o encantador de bruxas e *dibukim*, que são menos fantasmagóricos e errantes do que pensa a vã ciência humana, vê a fáustica tentativa de amassar no barro e não na carne sobre carne uma réplica do homem?

Na obra do escritor, o tratamento dos motivos carregados de potência simbólica própria, lastreada pela efabulação coletiva, é muito característica. Ele não os trabalha no plano da linguagem metafórica e alegórica, quer dizer, na altitude semiótica em que seriam auto- ou meta-referentes. Muito pelo contrário. Ele os expulsa do paraíso. Faz com que chafurdem na lama do viver real. Não se propõe, é verdade, a historicizá-los ou sociologizá-lo em explicativos naturalistas. Mas envolve-os nas tensões e nas pulsões das personagens de carne e osso, que são os vícios, as tentações, a psicopatologia, como agentes não menos presentes nas expressões mitopoéticas. Poder-se-ia dizer que este seu modo peculiar de enovelar o céu e a terra se repete em **O Golem**.

No caso específico desta história, há um pormenor para o qual vale a pena chamar a atenção. Bashevis Singer, antes de lhe dar a forma inteira de um livro, em inglês, publicou-a em capítulos como folhetim do diário novaiorquino em língua ídiche, Forvertz ("Avante"), onde sempre colaborou desde a sua chegada à América. A comparação entre os dois gêneros de textualização é de interesse não só do ponto de vista do veículo utilizado. Sem dúvida o público-alvo desempenhou um papel significativo nas diferenças de linguagem e conteúdo da obra. É visível, por exemplo, a preocupação do folhetinista em aproximar o foco narrativo e articular o enredo com uma lógica causal, de modo a poupar maiores esforços ao seu leitor. Por outro lado, a intimidade lingüística e cultural do receptor com o repertório da emissão, permite-lhe abreviar ou reduzir referências e explicações intrínsecas. Assim, não precisa explicitar que o Maharal é o Rabi Loew, pois a chamada é imediata, bem como o universo histórico a que a lenda se remete. Embora não se possa dizer que as peripécias se multiplicam, como é peculiar ao folhetim na sua busca da intriga melodramática e dos efeitos de *suspense*, percebe-se nesta versão do novelista o traço multiplicador, aparentemente realista, que pode até servir para aumentar o número de linhas... no rodapé. Em contrapartida, bem outro é o viés que estrutura o relato no livro. Para qualificá-lo, caberia dizer que a sua economia literária é mais sintética. Há como que uma retomada da linguagem lendária. O escritor parece ter-se desobrigado de compromissos muito estritos com o enquadramento verossímil do espaço ficcional visado, ainda que não o desnature ou descontextualize por completo. Mantém-se como que no limite, mas efetivamente o transpõe, transgredindo-o numa de suas dimensões, por um salto na brecha do fantástico.

O resultado deste modo de formar é um golem tipicamente bashevisiano. Ele é monstro, mas nem tanto assim. Principalmente depois de cumprir a missão que lhe deu corpo, uma ligeira fraqueza humana do rabi, decerto por incitamento da mulher (ela sempre põe um desvio na ordem da programação), faz com que o servo-gigante da verdade sobreviva a si próprio, isto é, à sua verdade, a de seu ser e sentido. A perturbação não é menosprezível, não só para ele, objeto-sujeito, como para os sujeitos de que é objeto. Posto em questão, perdida a sua definição e singularidade, só lhe resta questionar-se. Entre uma e outra pergunta, evidentemente passa a abrir-se descontroladamente um espaço de consciência. A inteireza do barro começa a rachar. Quem sou eu? Ser ou não ser? – Hamlet o espreita com suas perguntas. Uma dúvida cruel se insinua em sua há pouco argilosa alma: Sou eu como eles?... Um homem?! E o golem põe-se a estremecer... nas bases. Começa a cair em tentação. Do espírito pela carne. E quem é o tentador? Quem é que fica a segredar-lhe ao ouvido: de barro, mas não de ferro? O autor! É ele quem tenta desencaminhar o golem de seu mito... "Os *golem-makers* foram na realidade os mestres da ficção de seu tempo. De certo modo eles mentiram para si próprios e para os outros, mas suas mentiras foram precursoras das verdades do futuro", confessou, pego em flagrante, Isaac Bashevis Singer.

Um escritor de muitos demônios

J. Guinsburg

Dois ficcionistas judeus contemporâneos, além de Scholem Asch, conseguiram ultrapassar as fronteiras idiomáticas em que sua obra se desenvolveu e alcançar o público internacional: Sch. I. Agnon e Isaac Bashevis Singer, os dois laureados com o Nobel de Literatura. Um, como que o grande marco inicial da arte literária hebraico-israelense de nosso tempo e, o outro, como que o grande marco terminal da arte literária ídiche na modernidade. Ambos, organicamente ligados ao universo lingüístico e cultural do judeu *aschkenazi* da Europa Oriental, nas múltiplas inter-relações que este estabeleceu com o ídiche e o hebraico, com a tradição judaica, com o surto renovador de sua secularidade histórica e com a cultura européia. Ambos, expressando em produções significativas, universalmente comunicantes em sua especificidade, sobretudo a face atual do judeu, nas inquietações e transformações mais profundas de sua existência coletiva.

Entretanto, e seja qual for o peso daquilo que os diferencia e os torna inconfundíveis em termos de personalidade e estilo, temário e idéias conducentes, quão diversa tem sido a sorte destes dois expoentes do estro narrativo judaico do século XX no que diz respeito à difusão de seus textos, particularmente no âmbito não-judeu. Agnon, objeto de traduções para numerosos idiomas e em especial para a língua inglesa, na verdade não logrou transpor amplamente o território algo provincial do hebraico e de Israel. Bashevis Singer, embora sendo um escritor inequivocamente ídiche, isto é, de uma língua cuja massa vital de falantes foi em grande parte reduzida às cinzas dos crematórios nazistas, tornou-se uma espécie de filho natural, um interessante sincretismo cultural, das letras e dos leitores americanos. A tal ponto que a sua imagem e fama de narrador, construídas principalmente por um contínuo sucesso junto ao público dos Estados Unidos e de fala inglesa, passaram a ser quase não as de um autor judeu-ídiche, mas as de um americano judeu.

Esta adoção talvez tenha a ver com o fato de seus livros encontrarem tão larga acolhida junto aos editores brasileiros. É quase palpável o impacto do canal mercadológico estadunidense para a propagação em nosso meio dos escritos de Bashevis Singer, o que não empana em nada, é claro, o valor neles contido e o papel da receptividade do leitor brasileiro na sua apreciação.

No Brasil, apareceram: **Satã em Gorai**, uma pintura novelística, não tanto da vida quanto da atmosfera do *schtetl* judaico na Polônia após as matanças cossacas do século XVII e sob o impacto do movimento pseudomessiânico de Sabatai Tzvi; **O Mágico de Lublin**, a estória picante e picaresca de Iascha Mazur, o acrobata e mágico cujos números no cotidiano de sua existência não são menos prodigiosos do que no picadeiro de sua arte; **O Escravo**, onde é retomado o tema do século XVII judio-polonês sob a forma de um amor entre o israelita Jacob e a cristã Wanda; **O Penitente**, uma incursão na psicologia e no imaginário da religiosidade judaica; **O Solar** e **A Família Moskat**, um complexo painel do mundo judeu na Polônia desde meados do século XIX até a sua destruição pelo nazismo – dentre os romances e as novelas deste autor. Das coletâneas de contos, vale assinalar: **Breve Sexta-Feira**; **Do Diário de Alguém que não Nasceu** ("Gimpel the Fool and Other Stories"); **Um Amigo de Kafka**; **O Spinoza da Rua do Mercado**; **A Imagem e Outras Histórias**; **Amor e Exílio**; **A Morte de Matusalém e Outras Histórias**; **O Leite da Leoa**; **Inimigos, uma História de Amor**; **Yentl**; **Obsessões e Outras Estórias** e **Uma Noite no Brasil e Outras Histórias**. Além disso, foram traduzidos para o vernáculo, em revistas (**Comentário**, **Aonde Vamos**, **Revista USP**, etc.), suplementos literários e antologias, vários dos principais relatos curtos deste mestre contempôraneo do gênero. É o caso de "O Judeu da Babilônia", narrativa que, por seu tratamento inusitado, endemoninhado, chamou pela primeira vez a atenção da crítica judaica para o seu autor, no fim da década de vinte, e que, incluída em **Jóias do Conto Idiche** (1948), assinala em língua portuguesa o primeiro registro da presença textual do escritor.

Como se verifica, a escritura ficcional do autor de "Gimpel, o Tolo" pode ser agrupada em dois conjuntos – um, o dos romances e dos relatos autobiográficos de longo fôlego, e o outro, o dos contos e daquilo que está entre a *novel* americana e a nossa novela. É aí, justamente nas formas concisas e sintéticas da composição contística ou novelística que a obra de

Bashevis Singer atinge, quero crer, os seus momentos mais ricos e expressivos.

Na épica romanesca, este narrador, por certo não menos marcado por um estilo direto e preciso que mobiliza para os seus fins a riqueza lexical do ídiche e suas facilidades flexionais, se pôs a serviço de uma escritura realista, a quem serve muito bem, compondo vastos quadros históricos e sociais, sagas com numerosa galeria de personagens a retratar a vida judaica na Polônia e, não com menos acuidade, a polonesa-cristã, especialmente a partir da segunda metade do século XIX. Mas ele paga um preço pela extensão. O que ganha em caracterização de conjunto, perde em agudeza, intensidade e força de impacto, pelo menos comparativamente, e é levado a uma espécie de diluição de algumas de suas principais qualidades poéticas. Estas, por outro lado, adquirem uma presença impositiva e manifestam o seu vigor expressivo sobretudo nos racontos mais curtos e concentrados, onde os demônios do estranhamento grotesco e fantástico, da incisão expressionista, do mascaramento carnavalizado falam com um rictus kafkiano e até borgiano, por diferente que seja o seu desenho específico, e inscrevem o contista ídiche no gênio moderno da narrativa super- ou trans-realista.

O peculiar, porém, em Bashevis Singer, é que seus contos não se valem, para alcançar tais efeitos, de recursos de choque vanguardeiro. À primeira vista, nem a construção, nem a linguagem destes relatos visam surpreender com o seu caráter incomum. Ao contrário, a voz narradora, que é sempre externa ao microcosmo textual, lembra antes a de um contador tradicional de estórias a narrar, não como um criador literário tentando fazer ressoar a originalidade de sua arte individual e dirigindo-se a um ouvido eventual numa massa pouco identificável, mas como o porta-voz de um grupo particularizado em sua feição sociocultural, que transmite por seu intermédio, numa enunciação quase impessoal, o *epos* e o *lore* de vivências coletivas, constituídos por um repertório de vicissitudes, experiências e projeções conhecidas na maior parte pelo ouvinte. Só que, neste caso, as estórias, embora expostas de uma forma direta e aparentemente calcadas na mimese do real ou do imaginário popular da tradição, sofrem um tratamento pelo qual traços, imagens, recortes e efabulações são concentrados, simplificados, fundidos e sintetizados. A conseqüência é uma espécie de descolamento em face de sua implantação e referência de origem, o que abre entre o dizer e o dito um hiato, um vazio, como se uma fina lâmina as tivesse cortado de suas raízes. Assim, ficam como que pendentes no ar, remetendo-se, por reação reflexa e auto-irônica, apenas a si mesmas, e convertendo-se em fantasmas do que foram em sua fonte ou pareciam ser, à primeira vista, na transcrição de Baschevis Singer. O travestimento se revela como tal, não apenas enquanto aparência ficcional, mas enquanto essência real de um mundo, graças ao escrever que tematiza a si próprio como disfarce e negação nadificante.

Não é de admirar, pois, que no rastilho destas compressões sintéticas, pelas quais é implodido o mundo narrado, possa explodir também um efeito narrativo de grande poder universalizante que abre passagem para o leitor contemporâneo, levando-o para dentro das vielas tortuosas dos guetos e das ruelas do *schtetl*, a cidadezinha judaica da Europa Oriental. E o que é que ele vê ali?

Num primeiro olhar, o chão e a lama do *schtetl*, a "cidadezinha"-gueto da Europa Oriental, habitada em boa parte, se não no todo, por judeus e caracterizada por normas e práticas tipicamente judaicas. Laschnik, Laskev, Bilgoray, Zamosc, Kraschnik, Bekhev, Yampol, etc. são nomes de agrupamentos urbanos, maiores ou menores, que pertencem efetivamente à geografia e toponímia judio-polonesa. Do mesmo modo, Yentel, Anschel, Ioine, Rischa, Schosche, Taibele ecoam a onomástica da gente que lá viveu. Também suas ocupações, alfaiate, lenhador, rabino, bedel (*schames*), professor (*melamed*), erudito (*talmid-haham*) inscrevem-se no rol das atividades que aquela sociedade desenvolvia para subsistir materialmente e manter suas instituições específicas (*kehila*, "comunidade"; *ieschiva*, seminário talmúdico; irmandade funerária, etc.), bem como os demais elementos de seu caráter cultural e religioso. Igualmente os problemas que afloram pelas entrelinhas dos relatos, como os de miséria, crendice, atraso, discriminação e opressão sociais, podem ser legitimamente atribuídos àquele contexto; e ainda os sonhos messiânicos de redenção coletiva, a predisposição de vê-los concretizados no primeiro chamado de um salvador autoconsagrado, em não importa qual narração miraculosa sobre qualquer taumaturgo autoproclamado, são os que lhe obsedaram o espírito. Tudo isto é signo pertinente de um mundo que existiu nesses termos. Nada, em tais caracterizações, no que elas sugerem do quadro de referência e dos referentes, é mera fantasia do autor.

No entanto, o Diabo está à solta no *schtetl* de Bashevis Singer.... Seu povo perdeu a *edelkeit*, a "delicadeza", a finura espiritual que I. L. Peretz e tantos outros em sua esteira, na literatura ídiche e hebraica, decantaram extasiados como quem achou uma pérola em um monturo. Sua virtude, pedra filosofal e condão que transmutaram radiosamente a representação literária de uma forma de vida tida por superada e degradada pelos escritores da antecedente Ilustração judaica, deixou de iluminar com lírica condescendência e enlevo populistas os semblantes daquele ambiente. Ainda que se possa reconhecer em cada rosto de personagem uma feição ou um tipo familiar, esta primeira "aparência" logo revela, desdobrando-se, uma outra face, igual, mas diferente, um negativo do positivo, um "duplo" da primeira, o seu "lado de lá", inteiramente desconhecido ou apenas entrevisto nas aparições anteriores.

Das vielas da "cidadezinha", dos cantos escuros de suas casinholas, de encantos à primeira vista tão *chagallescos*, emergem, ao toque de um estranhamento fantástico, as figuras de seus habitantes tradicionais nas páginas de todo um ciclo de visão do *schtetl*, santos e pecadores, místicos e bruxas, mas também de estranhos coabitantes, uma multidão de *dibukim* (almas penadas) e íncubos insuspeitados no cotidiano daquela existência, segundo as versões romantizadoras de seus celebrantes. As faces ocultas do homem do *schtetl*, de seus desejos insatisfeitos, impulsos inconfessados e desvios reprimidos, saltam à superfície narrativa. Um mundo de rígida translucidez moral e religiosa desfaz-se em sombras, desvelando os espectros de sua libido e as obsessões de sua mentalidade, ao nível dos indivíduos e de suas vivências. Mais do que isso, numa transcendência que é imediata e concomitante à leitura, ao nível do judeu moderno e de sua problemática, pois é em sua óptica que I. Bashevis Singer mira o judeu tradicional. É uma análise espectral reflexiva que projeta suas luzes com particular intensidade para a atualidade e tira as estórias da esfera do mero narrar, embora o prazer e a vocação de fazê-lo estejam presentes em cada linha, convertendo-as numa reflexão ficcional sobre inúmeros aspectos da condição judaica.

É o caso, por exemplo, da magistral narrativa "Gimpel Tam" (Gimpel, o Tolo), que abre a coletânea do mesmo nome. Na verdade, muito mais do que apalermada, a personagem é ingênua, e é em função desta ingenuidade e simplicidade que se precipitam todos os infortúnios que a assaltam. Porém, o relato em primeira pessoa, por psicológica e estruturalmente bem articulado que seja, não pode ser entendido apenas no plano do eu. Algumas remessas parecem conduzir com evidência ao âmbito do "nós". Gimpel, como já foi dito, não é um bobo, são os outros que o fazem de bobo e o forçam a assumir e a desempenhar tal papel. Ele tem consciência do fato, mas não pode desvencilhar-se de seu guante, devido à ordem de valores em que foi plasmado e aos quais aprendeu a respeitar como a verdade e o cimento de seu ser. Esta ordem é monolítica e está fundada e selada pela **Torá** e pela **Ética dos Pais (Pirkei Avot)**. Gimpel aceita portanto passiva e simplesmente como algo advindo do Céu aquilo que o grupo e os outros lhe impõem. Como o judeu tradicional, que tem nele um desenho em grotesco, a personagem vai se alienando gradativamente por decreto da outridade, chegando a reconhecer como própria a máscara com que a revestiram.

No segundo relato da mesma racolta, "O Fidalgo de Cracóvia", a perspectiva se inverte. O escritor trabalha como voz narrativa e não como eu-narrrador explícito para desfiar os sucessos de que foi palco uma cidade e sua comunidade, que são satanizadas e corrompidas pelas tentações da facilidade, da fartura e dir-se-ia até, em termos de hoje, do consumo. Bashevis Singer mostra, com implacável ferocidade satírica, que reduz tudo à deformação caricata, como o vulcanismo dos desejos e a busca de satisfação dos instintos campeiam naqueles que, na estória anterior, haviam constituído Gimpel em simplório, e que são nada mais e nada menos do que a própria santa comunidade dos piedosos, honrados e bem-pensantes guardiões dos preceitos da Lei, na esfera do próprio judaísmo.

Com esta veia diabólica vai o autor de estória em estória, decompondo e triturando as certezas milenarmente assentadas no judeu e no homem, até colocar-se com o seu ceticismo crítico dentro do espírito e das ações dos diabos e diabinhos que inventa, a ponto de ele sentir-se em casa, e o leitor com ele, quando se põe a revelar algumas passagens "Do Diário de Alguém que não Nasceu". Mais uma vez os mortais são meros fantasmas, marionetes das projeções que fazem de si próprios de suas idealizações.

Em **Breve Sexta-Feira**, Alhonon, o ajudante de *melamed*, é o demônio dos apetites, dos temores e da viuvez de Taibele. No baixo está o alto e no alto está o baixo, é a gangorra endiabrada que a vingança do marido "baixinho" sobrecarrega absurdamente, desequilibrando o próprio juízo da mulher. A paixão pelo carnal, em Rischa, liberta nela a sede de sangue d[e] Moloch sado-masoquista, até que deixa de ter forma humana para ectoplasmar o antiespírito, o lobisomem do *schtetl*. Símel é tomada de tal modo pelo "espírito" de sua fantasia e de seu desvalimento, que se torna outra pessoa em seu próprio corpo, vivendo-a até que a morte a integre definitivamente em seu duplo, Ester-Kreindel. Roise Genendel não consegue livrar-se da fixação obsessiva que a frustração sexual de seu casamento criou entre ela e Itche Nokhum, seu ex-marido. Yentl, que não é ela mesma mas outrem, sai em busca de si própria no travestimento masculino, encontrando nele apenas a sua feminilidade, sem poder voltar a ela.

Mas as classes e espécies de *scheidim* ("demônios") são tão numerosas quanto as esferas em que o homem vive e atua

Fora do *schtetl* não menos do que dentro, sob a capa da tradição tanto quanto da modernidade, introduzem-se, sob mil formas, não apenas como as "trevas" do irracional mas como o "além" mais fundo da criatura humana. Se é possível exorcizá-los no domínio da patologia psicossexual e dos desajustamentos psicossociais, pois secularizaram-se, na trilha do progresso, e passaram a agir através das "causas naturais", nem por isso abandonaram os velhos tratos da consciência ética e devota, ainda que agora a questionem a uma luz mais ampla, judaica ou não, de caráter filosófico, existencial e literário. Zeidlus, conduzido pelo pecado do orgulho e da vaidade individual à abjuração de seu mundo, reencontra através do inferno a certeza de uma ordem divina. A encarnação terrena de Iehid e Iehidá, da pura individualidade masculina e feminina, é o desdobramento metafísico no espectro da carnalidade mortal. "Sozinho" com suas necessidades, o eu-homem não entende o processo confuso e desordenado de sua realização, e o pior dos riscos que corre, em meio às ilusões que alimenta, é o de defrontar-se com a crua realidade, que é mais uma "aparência" do Oculto. "O Último Demônio", desfeito o universo tradicional que o alimentava, encontra refúgio em um "livro de estórias ídiche" e terá do que se nutrir "enquanto restar um único volume. Enquanto as traças não destruírem a última página...", mesmo que ela não seja mais a do velho **Maasse Buch** ("Livro de Estórias"), que tanto contribuiu para povoar toda sorte de infernos...

É claro que não se pode reduzir a veia inventiva de Bashevis Singer ao receituário de invocações espectrais de um livro das bruxas. Pois uma narrativa como "De Baixo da Faca", com suas figuras de *declassés* e seu cenário de *bas-fond* judio-polonês, evidencia um raro poder de caracterização objetiva e inclemente de condições ambientais e tensões emocionais, surpreendendo pela lógica dramática não menos do que pela exposição realista, de forte acento naturalista. Esta outra dimensão destaca-se, aliás, como o *modus faciendi* prevalente na produção de nosso autor, principalmente nos romances. Aí, mesmo em criações como **Satã em Gorai**, o embasamento é solidamente realista. É verdade que, se se encara a questão do "fantástico" nos termos de Todorov, cumpre distingui-lo do "maravilhoso" ou do "estranho", sendo um gênero de ficção onde se exprime "a hesitação experimentada por um ser que só conhece as leis naturais, face a um acontecimento aparentemente sobrenatural", ou seja, onde a relação entre o real e o imaginário desenvolve todo o seu jogo de ambigüidades. Por si mesmo, tal fato já demanda de quem se lhe entrega uma capacidade de explorar simultaneamente ambos os domínios, uma espécie de ambidestria literária. Isto, por certo, não importa em nenhuma predeterminação específica, quer de escolas, quer de componentes, uma vez que as possibilidades de combinação são múltiplas, dependendo da personalidade artística de cada escritor. Mas não há dúvida de que, de um modo geral, o "super" tem de ligar-se ao "real", numa corrente entre dois pólos, para conseguir-se o efeito desejado, e que Bashevis Singer, com suas raízes naturalistas e expressionistas, é mestre na arte de uni-los ou de desenvolvê-los em separado. Assim como está apto a criar ao nível do simplesmente "maravilhoso", a exemplo do que fez nesse exercício de feitiçaria universal, que é "Cunegunde", do mesmo modo encontra-se à vontade no rés-do-chão prosaico das realidades humanas.

Nestas condições, compreende-se por que a simples leitura "fantástica" de suas estórias é suficiente para dar a medida do ficcionista, mas não esgotante. Efetivamente, como não poderia deixar de ser, ele permeia seus textos com uma pletora de alusões e significações que podem escapar ao leitor desavisado – sem grande risco, é certo, para a fruição do restante. Assim, em "Ester Kreindel, a Segunda", a menção ao reparo cético "de um certo Dr. Ettinger" só adquire nexo quando se sabe que se trata do Dr. Salomão Ettinger (1803-1856), um dos expoentes do racionalismo ilustrado na Europa Oriental e satirista notório das "superstições" do judeu da "cidadezinha"-gueto. Ocorre algo semelhante se não se leva em conta, ao fim de "O Último Demônio", que se efetua aí uma reinterpretação parodística do significado cabalístico das letras do alfabeto hebraico. Pode-se alegar neste caso e em muitos outros, de natureza análoga, que a transposição de um *medium* lingüístico-cultural para outro acarreta inevitavelmente um certo grau de perda semântica, sem que todavia a simples leitura seja afetada no fundamental. Mas a questão se torna mais complicada quando Bashevis Singer põe os seus "diabinhos" não só a dar alfinetadas aqui e ali, porém a revirar padrões firmemente estabelecidos e, como tais, respeitados, sobretudo na literatura ídiche, cujos simbolismos, motivos, tendências e autores são submetidos a um estranho espelhamento ficcional. Surgem então, às vezes, inversões de perspectiva, que projetam verdadeiros pastiches da visão consagrada, provocando mudança ponderável, se não total, de sentido. Estilhaçado ironicamente, este reverbera, na forma do fantástico, com sua desfiguração absurda, significados polêmicos. Uma boa ilustração disto é o conto que fornece o título da coletânea em exame – "Breve Sexta-Feira".

Os elementos deste relato e seu desenvolvimento não discordam, no essencial, afora a inflexão erótica, do que se tornou "clássico" nas letras judaicas como expressão ficcional do tema. Em tudo, quase até o fim, parece que se está caminhando em meio a uma paisagem conhecida, com figuras familiares. Mas, justamente nas últimas páginas da narração, as coisas viram de ponta-cabeça, numa espécie de imagem contrafeita e paródica. Com o amantíssimo casal, quem aparentemente cai em torpor e morre asfixiado na infecundidade de seu idílio sabático é o próprio motivo de *schtetl* e sua "kitschizada" representação paradisíaca.

Aqui, fecha-se sobre si mesma, pelo menos como projeção direta, não somente uma temática, porém toda uma literatura — a de um mundo que foi pintado e descrito pelos principais ficcionistas do ídiche e do hebraico, nos últimos cento e cinqüenta anos, constituindo-se num dos temas-força do conjunto desta produção. Pois, mesmo considerando-se o largo espectro de variações e o longo processo de evolução que o enfoque do *schtetl* sofreu, sob o impacto de tendências estético-literárias e condições sociopolíticas aceleradamente mutantes, há algo de absolutamente *sui generis* na versão que Bashevis Singer lhe dá. Nem a cáustica sátira "ilustrada" de um Mêndele, o "avô" da literatura ídiche, nem as rudes denúncias naturalistas a exibir misérias e "instintos" brutais, nem a produção ficcional dos sucessivos "engajamentos" ideológicos, políticos e artísticos suscitaram um desenho tão espectral do judeu do *schtetl* e de seu modo de vida. Neste quadro fantasmagórico, o esgar não é apenas crítico, mas apocalíptico. Como que num "juízo final" de um universo, de suas figurações e metamorfoses, ele é levado, pelo pastiche e pela paródia das imagens consagradas na visão romântica, realista e naturalista, pela "carnavalização" de seus harmônicos, a uma espécie de síntese invertida de retrato dos "retratos". O álbum de família povoa-se de figuras disformes, grotescas, de uma revisão que chega a ser uma antivisão, onde o típico se faz universal.

No conjunto, poder-se-ia dizer que este livro, assim como outras coletâneas de contos do mesmo escritor, parecem sugerir que a salvação do homem não depende de uma graça ou lei reinantes no universo. Haja ou não Deus, observa Irving Howe, em **World of Our Fathers**, dificilmente caberia considerá-lo como providencial nesta visão. Nem mesmo o antinomismo sabataísta ou frankista, isto é, inspirado pelos pseudomessias Sabatai Tzvi e Iaakov Frank, que se pretendeu detectar aí, em um autor tão assaltado por imagens que aparentemente aludem à redenção pelo pecado extremo, poderia dar conta do desgarramento *koheléticо* que percorre a *Weltanschauung* do contista. No cálculo do destino que Bashevis Singer faz, o mundo é apenas um lugar de pouso, e o que acontece no seu interior, inclusive dentro do enclave formado pelos judeus, não é de significação duradoura. Denso, substancial e atrativo como tudo isto parece apresentar-se nesta ficção, o universo não passa no fim de contas de engodo e aparência, uma sombra de amplas possibilidades, um reino do aleatório e da alienação.

Contudo, a vida coletiva judaica permanece pulsante e atuante em Bashevis Singer, seja rompendo com os ditames da lei religiosa tradicional a ponto de abandonar a esperança messiânica, seja avançando por sobre estes escombros até as dúvidas da sensibilidade moderna. E esta não envolve apenas a figura do judeu do *schtetl*. Na verdade, é preciso assinalar que o espaço criativo do autor de "Um Dia de Felicidade" compreende igualmente o urbano judio-polonês de cidades como Varsóvia e o do judio-americano de um sem-número de relato do Novo Mundo.

Nestas outras paisagens, todavia, o demonógrafo da "cidadezinha" não se transplanta inteiramente, digamos, não se deixa assimilar de todo, e não abandona os espectros de suas obsessões. Encara-os talvez com um sorriso mais irônico, porém acaba cedendo às suas artes. Porque das certezas de seus passados e das incertezas de seus futuros irrompe sempre a mão torta de um íncubo à paisana, de paletó e gravata ou de saia e blusa, que põe tudo de pernas para o ar, ainda que o próprio criador, o grande prestidigitador de suas aparições, nã o sinta tão à vontade no novo ambiente e julgue mesmo que seu concepto pode muito bem estar sendo sufocado na poluição metropolitana, tal como se exprime em "Conselho": "Tive a sensação de que sob as ruínas estavam sepultados demônios – duendes e diabretes que se tinham feito contrabandear para os Estados Unidos à época da grande imigração e que haviam expirado devido ao barulho de Nova York e à falta de judaicidade ali...". De todo modo, eles continuaram a assombrar o seu repertório cosmopolitano e talvez sejam até responsáveis, no mínimo como uma das fontes excitadoras de seu demiurgo literário, pela vitalidade com que continuou a apresentá-los e às criaturas sujeitas às suas seduções no contexto de sua língua. Pois aí o escritor se manteve em uníssono com o seu cenário de origem. Tudo o que o separou de suas raízes, incluindo a imigração, não o distanciou de sua matriz espiritual Ao contrário. Bashevis Singer viveu sua língua mãe-pátria com plenitude, tendo sido o grande, embora, talvez, o último mestre-inventor do ídiche. Ele o plasmou em ressonância com a fala do povo e a criação do poeta, fazendo-o pulsar na exposição fidedigna dos modos de vida de uma sociedade e de sua historicidade, ao mesmo tempo que o manipulou em contrafações orgânicas que nasciam de dentro, e cuja semântica apocalíptica, do juízo final, do dilaceramento e do holocausto do judeu do *schtetl* e do universo judaico da Europa Oriental, prosseguiu plantada no solo de suas vivências.

Homem do século XX, tendo em seu horizonte vital e espiritual o espetáculo de duas guerras cataclísmicas e a insensatez absoluta a justificar cientificamente o aniquilamento de povos, culturas e da própria natureza, Bashevis Singer foi por certo um escritor às voltas com as dúvidas e as perplexidades de nosso tempo. O que ele se perguntou foi, na verdade, aquilo que Kafka, Borges, Agnon e tantos outros perguntaram na ficção moderna, cada um na sua língua e a seu modo: qual o sentido do homem e de sua existência? O problema, que é tão velho como a reflexão humana e já atormentava Jó, tornou-se particularmente sensível e concreto para a consciência de hoje, em um mundo onde, mais do que nunca, tudo parece estar não apenas em fluxo, mas em convulsão permanente. É esta dimensão trágica, na sua realidade aguilhoante a torturar na facticidade do cotidiano a mente e o corpo da criatura humana, que emerge obsessiva e fantasmalmente e que projeta as sombras aterrorizantes de seus contra-sensos, os desvarios do indivíduo e da sociedade, em alguns dos mais expressivos escritores de nosso tempo. Em seu rol cabe incluir Bashevis Singer e os demônios que sua obra invoca, desnuda e questiona no território ficcional do ídiche, sob a roupagem típica do *schetl* judeu.

"*E as profundezas do* tohu ve-bohu, *do 'caos' infinito, abriram suas entranhas e rolaram trevas sobre trevas, e o mundo povoou-se de sombras...*" (Sefer ha-Schamaim ve-ha-Artzot) – *registrou em seu diário de bordo o velho cosmonauta do* Ein Sof *("Sem Fim") depois de explorar com sua imota nave cabalística os insondáveis in-fólios do Roteiro para o Eviterno. Ao que mentes de terráqueos, faltos de luz, estreitos de ciência, para os quais o Oculto é um livro selado, acrescentaram, na sua necessidade de dividir e classificar para discernir nele a mais tênue réstia do que está fora estando dentro: '...de sombras, de demônios de todos os gêneros e todos os graus, das coortes superiores de Baal-Zebu até os enxames de trasgos infinitesimais.'*" (do Livro de Azazel, manuscrito anônimo de época incerta).

É o que me ocorreu como pós-epígrafe às ficções de Isaac Bashevis Singer.

As imagens deste livro são do filme *Der* Golem*: Wie er in die Welt kam*, dirigido em 1920 por Paul Wegener, com cartaz e cenários do arquiteto expressionista alemão Hans Poelzig.

ER GOLEM
IE ER IN DIE WELT KA
AUL WEGENER - UFA UNIO

Glossário

Bar Mitzvá	Hebr., "filho do mandamento"; íd., *Bar Mitzve*. Solenidade pela qual o rapaz judeu, aos treze anos, ingressa na maioridade religiosa. Desde então torna-se responsável perante Deus e pode participar de um *minian*.
Cabala	"Tradição". Denominação dada ao conjunto das doutrinas e práticas místicas judaicas. Em forma restrita, designa o sistema místico-filosófico que teve origem na Espanha, no século XIII, e cuja influência na vida judaica foi profunda.
Dibuk	Pl. *dibukim*. Alma errante de um pecador que, segundo a crença popular, procura entrar no corpo de um ser vivo para fugir aos ataques dos demônios.
Golem	"Corpo informe, embrião". Gigante de barro, segundo a tradição legendária judaica, cuja criação teria sido realizada por rabis e cabalistas renomados. A palavra também significa pejorativamente "bronco, estúpido".
Hagadá	"História, legenda". Nome do livro que contém os textos a serem recitados no cerimonial do *Pessach*.

Hanucá "Dedicação". Festa da reconsagração do Templo de Jerusalém e do feito dos Macabeus. Também chamada Festa das Luzes, sendo o candelabro específico o instrumento ritual dedicado a esse fim.

Heder "Quarto, câmara". Denomina a escola de primeiras letras na organização educacional qu vigorou entre os judeus.

Ieschivá Hebr., "sessão", íd. *ieschive*. Designa escola ou academia talmúdica ou rabínica. É o grau superior de ensino no sistema tradicional judaico.

Kadisch "Santo". Originalmente um hino aramaico em louvor à Divindade. Mais tarde passou a designar também a prece pelos mortos que o judeu, maior de treze anos, deve pronunciar em memória dos pais e parentes.

Lamedvovnik Idichismo, do hebraico *lamed*, "trinta", e *vav*, "seis". Um dos Trinta e Seis Justos que, reza a lenda popular, vivem incógnitos entre os homens, a fim de praticar o bem e impedir o mal, e cuja existência justifica a subsistência do mundo.

Matze,s Forma ídiche do hebraico *matzá*, pl. *matzot*, "pão ázimo", que os judeus devem comer durante o *Pessach*, para recordar-se do Êxodo da Terra da Servidão, o Egito.

Melamed "Mestre-escola". Nome dado ao professor de primeiras letras no *heder*.

Minian "Quorum" ritual. Conjunto de dez homens, maiores de treze anos, indispensável a qualquer rito público judaico.

Mischná "Lição, repetição". Nome da primeira parte da coletânea talmúdica, que agrupa a hermenêutica bíblica posterior à destruição do Segundo Templo. Compreende 63 tratados e 525 capítulos.

Nefesch	"Alma, vida, espírito, mente, ego alento". Em conjunto com *ruach* e *neschamá*, um dos três principais aspectos da alma humana. No **Zohar**, corresponde ao elemento vital ou animal, enquanto os outros dois dizem respeito ao vegetal e intelectual respectivamente, na sequência do inferior ao superior.
Nissan	Primeiro mês do calendário judaico.
Pessach	Páscoa hebraica, festa da liberdade. Celebra-se durante oito dias a partir de 15 de *Nissan*.
Schabat	Em ídiche, *schabes*, "sábado". Sétimo e último dia da semana e, pela lei judaica, consagrado ao descanso.
Seder	Hebr. "ordem", íd. *seider*. Celebração e repasto em família, que se realizam nas duas primeiras noites do *Pessach*.
Scholem aleikhem	"A paz seja convosco", saudação usual entre os judeus.
Schtetl	Cidadezinha, aldeia em ídiche. Designa especificamente os aglomerados urbanos em que durante um longo período viveram os judeus da Europa Oriental.
Talmud	Forma aportuguesada **Talmude**: o mais importante livro do cânone religioso judaico, depois da **Bíblia**. É uma compilação de leis e interpretações da **Torá**.
Torá	"Lei". Designa ora o **Pentateuco** ora o Velho Testamento ora o conjunto do código cívico-religioso constituído pela **Bíblia** e pelo **Talmud**.
Zohar	"Esplendor". Nome dado a um dos principais escritos cabalísticos, também denominado **Sefer ha-Zohar** ou o "Livro do Esplendor".

COLEÇÃO PARALELOS

1. **Rei de Carne e Osso**
   Mosché Schamir
2. **A Baleia Mareada**
   Ephraim Kishon
3. **Salvação**
   Scholem Asch
4. **Adaptação do Funcionário Ruam**
   Mauro Chaves
5. **Golias Injustiçado**
   Ephraim Kishon
6. **Equus**
   Peter Shaffer
7. **As Lendas do Povo Judeu**
   Bin Gorion
8. **A Fonte de Judá**
   Bin Gorion
9. **Deformação**
   Vera Albers
10. **Os Dias do Herói de Seu Rei**
    Mosché Schamir
11. **A Última Rebelião**
    I. Opatoschu
12. **Os Irmãos Aschkenazi**
    Israel Joseph Singer
13. **Almas em Fogo**
    Elie Wiesel
14. **Morangos com Chantilly**
    Amália Zeitel

15. **Satã em Gorai**
Isaac Bashevis Singer
16. **O Golem**
Isaac Bashevis Singer
17. **Contos de Amor**
Sch. I. Agnon
18. **As Histórias do Rabi Nakhman**
Martin Buber
19. **Trilogia das Buscas**
Carlos Frydman
20. **Uma História Simples**
Sch. I. Agnon
21. **A Lenda do Baal Schem**
Martin Buber
22. **Anatol "On the Road"**
Nanci Fernandes e
J. Guinsburg (org.)
23. **O Legado de Renata**
Gabriel Bolaffi
24. **Odete Inventa o Mar**
Sônia Machado de Azevedo
25. **O Nono Mês**
Giselda Leirner
25. **Tehiru**
Ili Gorlizki
27. **Alteridade, Memória e Narrativa**
Antonio Pereira de Bezerra
28. **Expedição ao Inverno**
Aaron Appelfeld
29. **Caderno Italiano**
Boris Schnaiderman
30. **Lugares da Memória – Memoir**
Joseph Rykwert
31. **Céu Subterrâneo**
Paulo Rosenbaum
32. **Com Tinta Vermelha**
Mireille Abramovici

Composto em Rotis Serif 55
(Otl Aicher, 1999), altura
da caixa alta de 2.5mm,
entrelinha de 4mm

Papel
Pólen 80 g/m2

Composição
PostSript Artes Gráficas

Impressão e acabamento
Meta Brasil